dtv
premium

Gilad Atzmon

Anleitung für Zweifelnde

Roman

Deutsch von Gabriela Hegedus

Deutscher Taschenbuch Verlag

Allen deutschen Frauen

Deutsche Erstausgabe
Oktober 2003
Deutscher Taschenbuch Verlag GmbH & Co. KG, München
www.dtv.de

Titel der hebräischen Originalausgabe:
›More Nevochem‹
(Keter Books, Tel Aviv 2001)

Umschlagkonzept: Balk & Brumshagen
Umschlaggestaltung: Stephanie Weischer unter Verwendung
einer Fotografie von © photonica / Stephen Frailey
Satz: Fotosatz Reinhard Amann, Aichstetten
Gesetzt aus der Janson 10,5/13· (QuarkXPress)
Druck und Bindung: Kösel, Kempten
Gedruckt auf säurefreiem, chlorfrei gebleichtem Papier
Printed in Germany · ISBN 3-423-24368-6

Vorwort des Herausgebers

Das Ihnen vorliegende Buch ist ein weiterer Beitrag im Rahmen des Forschungsprojekts zur hebräischen und israelischen Kultur, durchgeführt vom Deutschen Institut zur Dokumentation Zions. Ziel des andauernden Projekts ist es, die Kluft geistiger Stille, die sich mit dem Verblassen des zionistischen Traums auftat, wieder zu schließen. Es ist wohl kein Geheimnis, dass der kulturelle Beitrag des Staates Israel zum intellektuellen Leben auf diesem Planeten im Verlauf der sechzig Jahre seines Bestehens äußerst bescheiden blieb: Während die Regale der Buchläden zum Bersten gefüllt sind mit weisen Worten aus der Werkstatt jüdischer Geistesgrößen in der Diaspora, entstanden in den Tempeln der Vernunft des jüdischen Staates nicht viele kluge Reden, keine, die es, gemessen an internationalen Standards und nach respektvoller Erwägung wert wären, anderen Sprachen zugänglich gemacht zu werden. Das Deutsche Institut zur Dokumentation Zions, an dessen Spitze ich selbst stehe, betrachtet es als seine Pflicht, dieses widersprüchliche Phänomen zu enträtseln. Was lähmt ihren Denkapparat und schlägt sie mit Verblödung, wenn die Juden sich zusammentun? Professor Gunther Wanker, dessen Lebensbericht Ihnen hier vorgelegt wird, hat sich nicht nur einmal zu diesem Thema geäußert. In verschiedenen Seminaren pflegte er, schlagfertig wie er war, mit einer gewissen Süffisanz und Ironie zu behaupten, die Juden hätten große Ähnlichkeit mit einer chemisch-botanischen Düngermischung. Auf einer Rasenfläche verteilt, habe sie eine wachstumsfördernde Wirkung; konzentriere man sie jedoch an einem

Punkt, gerate sie zum tödlichen Gift. Mit Hilfe dieser Analogie wies Professor Wanker gleichzeitig auf das belebende Element hin, welches das Leben der Juden in der Diaspora auszeichnet, wie auf das lebensbedrohliche Element, das entsteht, wenn sie sich zusammenschließen.

Etwa hundert Jahre nach der Gründung des Staates Israel und vierzig Jahre nach seinem Niedergang sehen wir, die Mitglieder des Instituts, eine enorme Relevanz in der genaueren Untersuchung dieser sechzig Jahre währenden verhängnisvollen Existenz. Weshalb litt der Staat der Juden an kollektiver mentaler Regression, die ihn schließlich zerstörte? Weshalb kehrten die Juden, als sie sich zu einem Staat zusammenschlossen, zu jener eifernd religiösen, ihnen schadenden Unterwerfung zurück? Weshalb wurde die Geschichte Massadas zum zentralen Mythos des sich erneuernden Seins auserkoren? Was ist das Geheimnis jener kollektiven Schizophrenie? Weshalb erkannten die Juden Israels ihren nahenden Zusammenbruch nicht? Weshalb vergaßen sie, ihre Sprache zu respektieren und ihren Wert zu schätzen? Die hebräische Sprache, in der die Wörter »Schwert«, »Dürre« und »Zerstörung« eng verwandt und auf den gleichen verbalen Wortstamm zurückzuführen sind, wäre geeignet gewesen, ihnen etwas beizubringen, bevor es zu spät war.

So zahllos die Fragen bezüglich der Zerstörung, so vielfältig sind auch die Antworten. Deshalb wählten wir, die Mitglieder des Instituts, anstatt unsere Zeit mit endlosen Fragen zu vergeuden, eine analytische Forschungsmethode, die den Versuch unternimmt, Logik und Struktur der Zerstörung so nachzuzeichnen, wie sie sich in den Tagebüchern einiger im Lande geborener Intellektueller niedergeschlagen hat. Seit dreißig Jahren versuchen wir, jene unter ihnen zu orten, die die Kulturkrankheit ihres Landes identifiziert haben, die als »häretische Minderheit« diffamiert wurden und die Katastrophe nach eigenem Verständnis und eigener Weltsicht schilderten. Das Institut bemüht sich, Wissenschaftler aufzuspüren, die es verstanden haben, zu warnen und ihren Staat zu betrauern, noch bevor er seinen Geist aufgab. Wir glauben aufrichtig, dass ein Volk, welches von seiner Erneuerung träumt, ein Volk, das seine rechte Hand mit seiner vergessenen Hauptstadt verbindet, ein Dokumentationswerk benötigt, und sei es nur, um die Zeitläufte zu verstehen und der Wiederauferstehung, wenn sie denn kommt, zu dienen.

Professor Gunther Wanker, gebürtig im Ramat Gan der sechziger Jahre des letzten Jahrhunderts, ein bescheidener Mann, der, noch keine dreißig Jahre alt, bereits Weltruf genoss, wurde kurz vor seinem Tod vom Institut gebeten, seine Lebensgeschichte schriftlich niederzulegen. Gunther war es nicht vergönnt, sein Werk zu vollenden, und in dieser Hinsicht hat sein Tagebuch etwas von einer unvollendeten Symphonie. Wir, die Mitglieder des Instituts, sehen in diesem Dokument ein persönliches Zeugnis von seltener Qualität.

Friedrich Schar'abi
Deutsches Institut zur Dokumentation Zions
Herbst 2052

»Trotz aller Sünden, die wir im Namen der Liebe begingen,
hörten wir nie auf zu masturbieren.«
Alberto Algernetti, Buenos Aires 2003

1

13. September 2031

Meinen Namen, Gunther, erhielt ich von meinen Eltern oder, genauer gesagt, meinem Großvater, dem Vater meines Vaters, der die deutsche Kultur unendlich schätzte und bewunderte. Für ihn war sie zum einen der Grundstein ästhetisch-philosophischer wie spiritueller Poesie, zum anderen die treibende Kraft industriellen Unternehmertums im Sinne von Mercedes, Telefunken, Bosch und anderen. Tatsächlich wollte Großvater, indem er die deutsche Kultur so überaus hochschätzte, seinen litauischen Ursprung herunterspielen oder ihn, wenn möglich, sogar vollkommen ignorieren.

Mein Großvater, der in den frühen dreißiger Jahren, gleich nach dem Abschluss seines Medizinstudiums in Warschau, nach Deutschland emigrierte, war sich der Tiefe des Grabens zwischen dem *Schtetl*, in dem er aufgewachsen war, und der florierenden säkularen Diaspora-Existenz in den Elfenbeintürmen Berlins und Frankfurts sehr wohl bewusst. Das Deutschland jener Jahre war reich an Kultur und Kunst, gleichzeitig jedoch krank und beschädigt bis hin zu wahrhaft eitrigen Auswüchsen; Auswüchse, die schließlich zum Ausbruch des Zweiten Weltkrieges führten. Schon damals begriff mein Großvater, dass diese aufgeklärte Kultur mit all ihren Vorzügen und ihrer immensen Vitalität imstande war, die Klinge des Schwerts zu wenden und es gegen jenes Geflecht aus Ideen von Freiheit und Grundrechten zu richten, das an ihrer Wiege gestanden hatte. Und so kam es dann ja auch.

Meinem Großvater, dem Integration und Assimilation, besonders in Bezug auf die erlauchten Repräsentaten der deutschen Kultur, eine Art erhabene Verpflichtung war, erfuhr in Preußen eine tief gehende und dauerhafte Beleidigung. Obwohl gebildet und geistreich, gelang es Großvater nie, in den Augen seiner arischen Mitmenschen etwas anderes zu sein als der von ihm selbst verschmähte Ostjude. So blieb er während seines gesamten Aufenthaltes in Deutschland ein einsamer Fremdling.

Großvater mangelte es weder an Realitätssinn noch an ausreichendem Gespür für den heraufziehenden Holocaust. Im Gegenteil, er verfügte über beneidenswert empfindsame Sensoren, was Verfolgung und Chaos anging. Deshalb verließ er Deutschland bereits Mitte der dreißiger Jahre. Im Spätsommer 1936 ging Großvater nach Palästina. Man muss es wohl der Ironie des Schicksals zuschreiben, dass ihm das, was ihm, so könnte man sagen, in Deutschland nicht geglückt war, irgendwo an der fernen Mittelmeerküste, an den Rändern des Nahen Ostens gelingen sollte. In Palästina war er für seine polnischen Nachbarn ein *Jekke Potz*, eine Wortkombination, die ihm sehr schmeichelte. Was seine Integration betraf, so pflegte er schon bald nach seiner Ankunft auf die eine oder andere Weise engen Kontakt mit einem äußerst exklusiven gesellschaftlichen Zirkel von Eliteemigranten, intellektuelle Flüchtlinge der erlesensten deutschen Universitäten jener Jahre.

Da er seinem Jüdischsein keinen besonderen Wert beimaß, sondern es lediglich als eine Laune jener Realität empfand, in die er zufällig hineingeboren worden war, scheute Großvater keine Mühe, sein Blut mit dem eines deutschen Mädchens zu mischen. Er wollte in die Arme eines rein arischen Fräuleins sinken, falls möglich, so schnell es ging. Und so pflegte er stets zu sagen: »Was Verstand und Mammon nicht erreichen, lässt sich vielleicht zwischen den Laken schaffen.« Im Einklang mit dieser Prämisse investierte Großvater immense physische und intellektuelle Anstrengungen in Sachen Assimilation. Ohne jede Hemmung zog er durch die verstreuten deutschen Siedlungen im

Palästina jener Jahre und umgarnte mit viel Mühe und Schweiß schneeweiße arische Mädchen aus den Restbeständen der deutschen Diaspora, die am Vorabend des Zweiten Weltkrieges im Lande lebten.

Rückblickend kann ich selbst bezeugen, dass in der Tat den preußischen und bayerischen Mädchen etwas Spezielles und Einmaliges anhaftet. Es mag schon sein, dass es nichts Köstlicheres gibt als den Liebestanz zwischen den Lenden einer gesunden, wohlriechenden Arierin. Dort, zwischen den Laken, wird selbst einem Blinden die Wahrheit klar vor Augen geführt. Dort, zwischen den weißen Schenkeln, während man seine Lust an hellem Flaum reibt, ergattert man sich ein Stück vom Königreich des Guten. Der Beischlaf mit den Hellhäutigen gleicht der Eroberung eines feindlichen Kommandobunkers. Die bayerische Frau bleibt, auch nach ihrer Bezwingung, uneinnehmbar. Sie ist eine Festung aus Eisen, umgeben von einem geistigen Graben, und von ihren Mauern schüttet sie siedendes Öl. Sie ist unerreichbar, selbst dann, wenn sie belagert wird.

Man sagt zum Beispiel, kleinwüchsige Männer liebten hoch gewachsene Frauen, doch nur wenige Männer wachsen, nur weil es ihnen gelungen ist, eine Riesin zu verführen. Was also die Bemühungen meines Großvaters anging, deutschen Frauen nachzustellen und sie hernach zu beschälen, so war er kaum wieder allein und betrachtete seine Gestalt im Spiegel des Badezimmers, da linste ihn seine beschnittene Schande beharrlich an. Egal wie viele blonde deutsche Frauen er besaß, er konnte sich nie von seiner ihn beschämenden jüdischen Herkunft befreien. Also stillte mein Großvater durch die Eroberung arischer Frauen nicht nur seine Lust, sondern ergoss auch all seine angestaute Wut in sie. Diese deutschen Frauen, Christine, Helga, Friederike, waren für einen kurzen Augenblick zu haben, im nächsten Moment aber bereits wieder für immer verloren. Mein Großvater wurde also kein Arier, nur weil er mit all diesen weißschenkligen »Helgas« den Beischlaf genoss. Er wurde kein

Arier, ebenso wenig wie die Kleinwüchsigen größer werden, indem sie in den Feldern der Riesenfrauen weiden. Er wusste dies alles und hörte dennoch bis zum Tag seines Todes nicht auf, in dieser transzendentalen Frequenz der Geilheit nach ihnen zu lechzen.

Von seiner verzehrenden Suche erschöpft, entschied sich mein Großvater schließlich für einen Kompromiss und heiratete eine fast reine Arierin. Großmutter Gertrud war eine Deutsche von zweifelhafter jüdischer Abkunft, eine Tatsache, die zu verbergen Großvater fast vollständig gelang. Großmutter, obwohl bar jeglicher Inspiration und absolut humorlos, verlieh meinem Großvater, zumindest aus seiner Sicht, einen respektablen Platz im Kreise der westlichen Gesellschaft.

Großvater begnügte sich jedoch nicht damit, ein konsequenter Deutschenliebhaber zu sein, er ging noch weiter und wurde, auf seine besondere Weise, ein Israelhasser. Er nutzte jede sich bietende Gelegenheit, seine jüdischen Nachbarn zu piesacken. Besonders liebte er es, in Holocaust-Gefühlen zu waten. Für ihn gab es keinerlei Zweifel: *There is no business like Shoa business.*

Obwohl auch Großvater den Holocaust als ein überaus schreckliches Ereignis betrachtete – immerhin war er selbst als einziges Andenken seiner Familie übrig geblieben –, bestand er ohne Unterlass darauf, dass die Vernichtung einer eingehenden Prüfung unterzogen und aus einer vollständig anderen Perspektive betrachtet werden müsse, beispielsweise der deutschen. Von einer Art morbiden Energie getrieben, wies er mich wieder und wieder auf das schon reichlich abgenutzte Klischee hin, dass die meisten Völker Europas sich aus einem eigenartigen Zwang heraus in das deutsche Vernichtungswerk hätten einspannen lassen. So verbrachte ich meine gesamte Kindheit mit dem Training der Holocaust-Verdrängung. Anfangs verharmloste Großvater die deutsche Verantwortung, indem er die Schuld gleichmäßig auf die Völker Europas verteilte. Sobald er feststellte, dass ich erschöpft genug und damit bereit war, jede geforderte Schlussfolgerung zu akzeptieren, und wenn auch nur, um ein wenig Ruhe zu erlangen, pflegte er regelmäßig jene abscheuliche Frage zu stellen; jene Schlüsselfrage, die ich bereits zu zitieren wusste, wann immer es die Situation verlangte; jene abgedroschene Frage, deren einziger Zweck darin bestand, mir zu beweisen, dass der Jude, wer immer er auch sei, nichts anderes ist als »eine Aggression erweckende Existenz *a priori*«.

»Was ist an ihm, dem Juden, dass alle so sehr seinen Tod wünschen?«, fragte er mich fast täglich. Und ich, ein ungebärdiger kleiner Junge, maß meinem Großvater keine besondere pädagogische Bedeutung bei. Vielmehr betrachtete ich ihn als großzügigen Spender, was die fortschreitende Zerstörung meiner Zähne anging. Großvater erkaufte sich nämlich meine loyale Unterstützung in Sachen Holocaust-Verdrängung durch Gratispackungen goldfarbener Honigbonbons, mit denen er illegalen Handel trieb (eine Marke, die es heute längst nicht mehr gibt).

Während seine Ideen in meiner Lausbubengesellschaft also durchaus Erfolg genossen, flog er damit ansonsten jedoch kräftig auf die Nase. Sobald er jene Frage in Anwesenheit seiner zahlreichen Bekannten stellte, erntete er Kopfschütteln, Befremden oder gar offenen Hohn. Großvater jedoch machte weiter und weiter, wie ein Getriebener, bis ihn, an einem bestimmten Punkt, diese ständig wiederholte Frage in eine wahrhaft erbärmliche Gestalt verwandelt hatte, dem kommerzialisierten Holocaust-Bild, das er zu bekämpfen für nötig hielt, gar nicht so unähnlich. Im Alter gab Großvater schließlich eine derart erbärmliche Gestalt ab, dass seine Umgebung ihn fortan der Einsamkeit überließ. Und da erbärmliche Gestalten zu keiner Reaktion verpflichten, nichts worauf man sich ernsthaft beziehen müsste, glich Großvater am Ende einem wahnsinnig gewordenen Rufer, dessen Botschaft ungehört in der Ödnis verhallt.

Im Palästina jener Tage im Allgemeinen und ganz besonders in meiner Geburtsstadt Ramat Gan wurde das pathetische Prinzip der Erbärmlichkeit gern verwendet, um schwierigen Fragen auszuweichen. Wann immer ein beunruhigendes Thema aufkam, redeten sich die Anwesenden mit der einfachen Erklärung heraus, das Thema sei einfach erbärmlich und vollkommen pathetisch. Die Annahme, dass manchmal etwas, und sei es so gewichtig wie die Würde des Menschen oder die Ehre einer Nation, einfach nichts anderes sein kann als eine erbärmlich pathetische Angelegenheit, befreit die Anwesenden von jeglicher Verpflichtung. Je eingehender ich mich mit dieser Frage beschäftigte, desto klarer wurde mir: Paradoxerweise vernehmen wir ausgerechnet die wesentlichsten Fragen, die dringlichsten Angelegenheiten unseres täglichen Lebens als sinnloses Gebabbel, das etwa ebenso störend wirkt wie lästiges Ohrenklingeln.

Lola zum Beispiel, meine Geliebte, lang soll sie leben, die Frau, die mich begleitet und mich in meinem fortgeschrittenen Alter seit einigen Jahren stützt, fragt mich ungefähr sechsmal am Tag, in relativ regelmäßigen Abständen, ob ich sie weiterhin so liebe wie früher. Ich denke, es gibt keine bedeutendere Frage bezüglich unseres gemeinsamen Lebens. Und ausgerechnet bei dieser Frage ist es mir nicht möglich, eine sinnvolle und einigermaßen intelligente Antwort zu finden. Ich ziehe es vor, meine Geliebte als eine erbärmliche Gestalt zu betrachten, und das im Wesentlichen nur, um mich vor der eingehenden Prüfung ihrer Frage und auch ihrer Präsenz, die mir im Laufe der Jahre zunehmend lästig wird, zu drücken. Manchmal, wenn meine Selbstsicherheit mich ein wenig im Stich lässt, überfällt mich eine plötzliche Furcht. Kann es sein, dass sie cleverer ist und auch sonst wesentlich subtiler denkt, als ich je vermutet habe? Will sie mir mit der Frage, ob ich sie liebe, vielleicht lediglich ein Beruhigungsmittel verabreichen? Ist dieses monotone Echo eventuell ihre Methode, sich aus der Langweile mit mir zu befreien? So fahre ich fort, an ihrer Seite zu leben und in einer Art andauernden und gegenseitigen Undurchschaubarkeit älter zu werden. Denn das pathetische Prinzip der Erbärmlichkeit verdeckt mehr, als es zur Schau zu stellen vermag. Und so war es auch bei Großvater: Sogar die großen Fragen, die er stellte, eingeschlossen die lästigen und die repetitiven, eingeschlossen auch jene, die dem Leben und der Erfahrung auf den Grund gingen, blieben unbeantwortet. So war mein Großvater im Alter ein Mann, der von den Seinen verachtet wurde, und ich blieb als lebendes Denkmal zu seinen Ehren zurück, auf Wanderschaft unter den Menschen und für immer bekränzt mit dem Namen eines deutschen Weltraum-Ingenieurs.

2

Ich, für meinen Teil, habe keinerlei Vorteil aus meiner erfundenen arischen Herkunft ziehen können, jedenfalls sah es zunächst danach aus. Als Kind war ich das Gespött aller. Niemand kann von einem Fünfjährigen verlangen, in Israel mit dem Namen eines deutschen Weltraumforschers herumzulaufen, kein Richter im ganzen Land würde das anders sehen. Mich wie einen schutzlosen kleinen Hund in die feuchte, nervöse Welt der Küstenebene der sechziger Jahre auszusetzen, muss als ernstes Verbrechen betrachtet werden und grenzt an grobe elterliche Verantwortungslosigkeit, die fast meinen Tod herbeiführte, wie wir bald sehen werden.

Falls mein Erinnerungsvermögen mich nicht täuscht, verstand ich schon in einem vergleichsweise frühen Stadium, dass ich nicht wie der Rest der Menschheit war und schon gar nicht wie die Tausende von einheimischen *Sabres* um mich herum. Ich war so anders als sie, dass ich es mir zum Ziel setzte, ein waschechter Vollblut-Einheimischer zu werden. Irgendwann versuchte ich sogar, mich in eine Wurzel jenes Kaktus zu verwandeln, der den *Sabres* ihren Namen verlieh, und mit dieser Idee im Kopf stellte ich mir vor, wie mir Stacheln wuchsen. Ich wollte aber nicht nur einer von diesen hochdekorierten, nervtötenden israelischen Pionieren werden, ich entwickelte auch den heftigen Drang, in den Schlachten Israels zu sterben. Wiederholt träumte ich von den klangvollen Klagegesängen, Orgasmen der Trauernden an meinem offenen Grab. Ich sah in meinen Träumen, wie sie litten und Fluten von Tränen vergossen, wie sie sich wimmernd über mich beugten, während ich, der zerfetzte Körper, tief unten wohlig zwischen die Erdklumpen sank. Aus irgendeinem Grund betrachtete ich dabei mein Begräbnis stets von oben, aus der Vogelperspektive. Ich blickte auf meine Leiche, eingewickelt in Tücher und hingeworfen in die offene Grube, als hätte sich meine Seele bereits von mir getrennt und wanderte nun unschuldig zwischen den tränenüberströmten Zuschauern umher. Es ist mir äußerst wichtig, hier festzuhalten, dass mein Begehren, einen staatlichen Tod mit Berichterstattung zu sterben, schon lange bevor die Friedhöfe und staatlichen Begräbnisse zu Unterhaltungsprogrammen mit hohen Einschaltquoten im Fernsehen wurden, in mir zu lodern begann. Tatsächlich war mein eigenes Begräbnis, das ich Nacht für Nacht träumte, eines der ersten Unterhaltungsprogramme, die ich für mich und allein um meinetwillen produzierte.

Einige Jahre später, als irgendein heute längst vergessener ägyptischer Präsident begann, Friedenslieder zu summen, hatte ich meinen ersten Panikanfall. Dumm, wie ich war, fürchtete ich, dass dies das Ende aller Schlachten und sämtlicher Möglichkeiten wäre, als Held der Nation zu sterben.

So entwickelte ich eine Faszination für die großen Taten der anderen. Ich sehnte mich nach den altmodischen Träumen der amputierten osteuropäischen Helden, die sich an den Küsten des Mittelmeers zu Tode schwitzten. Ich wurde zum *Palmachnik*, trug auch im Sommer eine gestrickte Wollmütze und stand sogar Schlange, um mir im Salon der »Kameraden« die Haare frisieren zu lassen. Darüber hinaus vernahm ich die klare und deutliche Botschaft, die in jenen Liedern steckte, den Liedern über Messbecher und Lagerfeuer in der Negev-Wüste. Ich hegte keinerlei Zweifel, dass in den herzergreifenden Zeilen »Ihren Namen wusste er nicht / doch jener Zopf / begleitete ihn den ganzen Weg lang« eine patriotische Vorahnung des Todes lag. Wie dem auch sei, der *Palmach* erschien mir in meiner Jugend als poetischer Verbund zur Unterstützung des bitteren Endes, und ich, Gefangener der Jugendtorheit, der ich gegen das geistige Erbe meines inzwischen verstorbenen Großvaters rebellierte, tat alles, was in meiner Macht stand, um den Tod zu umarmen. Ich wurde zum glühenden Anhänger des Konzepts der Selbstzerstörung. Ich suchte nach allerlei originellen Möglichkeiten, im Kampf zu fallen, je eher, desto besser, und der Militärfriedhof erschien mir damals als eine exklusive Elite-Siedlung, in die man so schnell wie möglich einziehen sollte. Die Todesstille, die über den kleinen, in endlosen Reihen stehenden Marmorburgen schwebte, dazu die liebevolle Pflege sowie die landschaftlich reizvolle Gestaltung machte die Militärfriedhöfe zu einer äußerst attraktiven Wohnstatt. Darüber hinaus ist es fast überflüssig anzumerken, dass es in den Annalen keinerlei Zeugnisse von Kriegstoten gibt, die je den Wunsch geäußert hätten, ihre Marmorstadt zu verlassen – was von der allgemeinen Zufriedenheit der Bewohner dieser ewigen Bleibe zeugt, die die Behörden ihnen zugeteilt haben.

Mein fantasierter staatlicher Tod war eine Art patriotische Zuflucht für mich. Der Tod erschien mir als Befreiung aus dem zähen Sumpf der persönlichen Verpflichtung und aus dem historischen Werk, das um mich gezimmert wurde. Seit meiner frühesten Kindheit bemühte sich jeder in meiner Umgebung ohne Unterlass – meine Eltern ebenso wie meine Lehrer –, den Mitgliedern meiner Generation zu bedeuten, wie glücklich wir uns schätzen könnten, in diesem historischen Augenblick zu leben und damit Zeugen der Verwirklichung eines zweitausend Jahre alten Traums zu sein. Doch wenn ich tatsächlich in einem historischen Augenblick lebte, dachte ich damals unschuldig, so ist doch die Geschichte, die um mich herum geschieht, ein ebenso untrennbarer Teil von mir wie ich ein untrennbarer Teil von ihr bin. Daraus folgerte ich, dass ich, um meine kostbare Verbindung mit der Geschichte zu untermauern, auf kolossale Weise in die Geschichtsschreibung eingehen müsse. Und es gibt nichts Kolossaleres als den Tod auf dem Altar der Geschichte. Der Tod erschien mir damals als ein ewiger Bund zwischen mir und der Chronik der Völker, und das Wissen um den möglichen jähen Abbruch meiner Lebenserwartung während der Blüte meiner Jugend entzückte jede Zelle meines Körpers.

Ein ganz anderes Entzücken erfüllte mich ebenfalls bereits seit meiner frühesten Jugend, denn in mir tobten die Hormone, schmerzhaft und ohne Kompromiss. Jeden Morgen, wenn es Zeit wurde für das Morgengebet, widmete ich meine ganze Konzentration dem Liebesleuchter, der zwischen meinen Beinen hervorragte. Ich schob die Decke himmelwärts wie ein Stativ grimmiger Männlichkeit. Erregt suchte ich gleichsam Schutz im Schatten des jubelnden Stolzes meiner gierigen Jugend. Die Decke triefte vom Schweiß ernsthafter Lust. Dralle, üppige Frauen mit bloßen Hintern besuchten mich im Schlaf kurz vor dem Erwachen. Sie stiegen eine Leiter in den Himmel empor, schwenkten dabei ihre Pobacken nach rechts und nach links, um dahinter ihre Lustmelonen hervorblitzen zu lassen. In meinen Träumen hob ich meine Augen, warf gierige Blicke, leckte mit den Augen ihre faltigen Dellen und führte meine Lippen an ihre weiche Haut, bis ich meine Umgebung mit der klebrigen Gelblichkeit meiner ausbrechenden Jugend beehrte.

In jenen Tagen war ich bereit, mich auf dem Lustaltar jedes weiblichen Wesens zu opfern, das mir über den Weg lief, den gepriesenen Duft der Gebärmutter zu kosten, die berühmte Feuchtigkeit, die den Geruch der Meeresfische zwischen die Laken bringt. Ich sehnte mich danach, in den Freudenspalt jeder Frau zu beißen, die ich angeln konnte. Der Hunger nach einer Frau bezwang mich und ließ mir nicht den Deut einer Verhandlungsfähigkeit. Ich wollte meine Pflicht gegenüber dem Schöpfer vollständig erfüllen. Ich wollte jede Frau auf dieser Erde lieben, ob jung, reif, abgetakelt, alt, dumm oder sogar vollkommen idiotisch.

Ich war so voll verzweifelten Verlangens, dass ich mich gezwungen sah, in den Schulpausen nach Hause zu laufen, um mich meines Drucks zu entledigen. Ich ergoss mich so oft und heimlich in meine Hand, bis mein Augenlicht schließlich dauerhaft Schaden nahm, und all das mit Hilfe einiger deutscher Hefte, die ich in der Bibliothek meines Vaters fand; jenem Vater, der mich zeugte, einem Ingenieur mittleren Ranges – alles, was er von der deutschen Kultur aufgesogen hatte, erschöpfte sich in einigen unzüchtigen Heften, mehr nicht. Er zeigte keinerlei Interesse an deutscher Musik, deutscher Philosophie oder wenigstens deutschem Essen. Vielleicht steckte hinter seiner Porno-Besessenheit ja ein Stück Widerstand oder sogar Verachtung gegenüber meinem Großvater, der in jeder Hinsicht ein strenger Vater gewesen war. Aus dem gesamten Angebot an deutscher Kultur entschied sich mein Vater ausschließlich für die Klitoris. Die gierige Interaktion mit seiner kläglichen Bibliothek lehrte mich schon damals, dass, so sehr die deutschen Männer den Handel mit der rosigen Haut auch liebten, die Töchter Deutschlands liebten ihn noch weit mehr. Sie haben die Blume ihrer Lust zum wahren und unumstößlichen Freiheitsbanner erkoren, den sie auf dem Weg zur totalen Unabhängigkeit vor sich her tragen. Dort, zwischen den Seiten der Zeitschriften, spreizten diese Frauen ihre Beine und entblößten ihre rosige Perle, während ich heimlich leidenschaftliche Gespräche mit ihnen führte, durchtränkt vom Schweiß der Geilheit und der Sünde. Deutsche Frauen, habe ich später gelernt, sind kompromisslos und sehen niemals von ihrer Libido ab, selbst dann nicht, als es darum ging, ganze Weltkriege rüde zu ignorieren, eingeschlossen die Bomben, die aus den Bäuchen der alliierten Flugzeuge auf ihre Köpfe niederprasselten. Aus diesem Grund weiß ich heute, dass die Deutschen keinen »Blitzkrieg« der Gefühle kennen, dessen sie sich rühmen könnten, und zwar nicht etwa deshalb, weil Dresden sich am Ende doch nicht komplett in eine Insel der Zerstörung verwandeln ließ, sondern weil das deutsche Hinterland nicht aufhörte, nicht mal für eine kurze Zeit, zu vögeln.

Mein Vater jedenfalls war im Prinzip ein trauriger Mann,

einer, der sich niemals verwirklicht hat. Er heiratete eine typische Polin, deren Toleranz- und Lustpegel sich umgekehrt zu ihrem grellen, geschmacklosen Lebensstil verhielt. Während meine Mutter, Chawatzelet, mit den Jahren immer lauter wurde, verschloss Vater sich mehr und mehr in seine eigene Welt der deutschen Unzucht. Wenn ich heute über den Anteil meines Vaters an meiner Erziehung nachdenke, dann wird mir bewusst, dass es sein Rückzug in die Welt der bayerischen Schöße war, der mir die erste Begegnung mit dem neuen Deutschland bescherte, dem Deutschland nach dem Krieg.

3

Am Ende der neunten Klasse, zwei Wochen vor den Sommerferien, wurden meine Eltern zu einem Gespräch mit der Schuldirektorin bestellt. Anfangs wurde ich gebeten, im Korridor zu warten. Meine Eltern betraten das Zimmer der Direktorin also allein. Meine Mutter glaubte, wie viele ihrer polnischen Brüder und Schwestern, stets daran, dass der erste Eindruck der wichtigste sei, wichtiger als Inhalt oder äußere Umstände. So nahm sie also an, dass sie sich auch bei einer derartigen pädagogischen Vorladung mittels billigen französischen Parfüms und eines synthetischen Fuchspelzes einen Ehrenplatz in der Familie der Menschheit erwerben könnte. Ich allerdings, der zu jener Zeit nichts unversucht ließ, sich ein artgerechtes menschliches Erscheinungsbild zuzulegen, in der Hoffnung, eines Tages erwachsen zu werden, verstand bereits, dass die grellen Symptome des galizischen Sozialverhaltens nichts anderes waren als lautstarke Zeichen einer verbalen Unterlegenheit. Es war alles andere als leicht zuzugeben, dass diese Unterlegenheit ihren ätzenden Duft vom Hals meiner Mutter verströmte.

»Das Kind legt ein äußerst ungesundes Verhalten an den Tag, und der pädagogische Ausschuss empfiehlt eine sofortige Therapie«, hörte ich die Direktorin sagen, die ihre Stimme hob, als wiederholte sie ihre Feststellung bereits zum zweiten oder dritten Mal. Meine Mutter, deren Schultern nicht gerade den hellsten aller Köpfe zu tragen hatten, begann zu wimmern wie ein Lamm, das zur Schlachtbank geführt wird, anstatt mich zu verteidigen oder wenigstens der parfümierten Fasson gerecht zu werden, die sie zu repräsentieren versuchte. Ich wusste sofort, dass die Aufforderung, in das Zimmer der Direktorin zu treten, nicht lange auf sich warten lassen würde, damit ich Kenntnis nahm von dem Leid, das ich meinen Eltern zufügte. Ich fühlte mich nicht wirklich betroffen. Obwohl inzwischen verschiedene Menschen dazu neigen, in mir eine renitente Persönlichkeit zu sehen, unstet und sogar gefährlich für meine Umgebung, wurde ich von den Behörden nie direkt einer Aktivität bezichtigt, die auf eine mentale Instabilität hätte hinweisen können. Auch war, aus meiner Sicht, mein Bild von der Realität niemals derart getrübt, dass es zum völligen Blackout gereicht hätte. Im Gegenteil, meiner Einschätzung nach sehe ich die Realität wesentlich klarer als die meisten Menschen. Ähnlich wie mein Goßvater, der schlau genug gewesen war, sich rechtzeitig in Sicherheit zu bringen, bin auch ich mit der seltenen Fähigkeit begabt, mich bereits von einem tropfenden Wasserhahn bedroht zu fühlen, lange bevor er ein Blutbad anrichtet.

»Gunther, bitte komm herein«, hörte ich die bemüht beschwichtigende Stimme der Direktorin durch die Tür. Mein Vater, ein zurückhaltender Mann, der jedweden Störungsversuch seitens der Welt zu verhindern suchte, blickte mich kurz von der Seite an und übermittelte mir so eine rasche Nachricht: Aus seiner Sicht sei alles in Ordnung, und die Direktorin könne sich ihren Finger in den After stecken.

»Gunther, ist dir bewusst, dass deine schulischen Leistungen immer schlechter werden und dass der pädagogische Ausschuss erwägt, dich das Schuljahr wiederholen zu lassen?«, begann die Direktorin.

»Oberstleutnant G. Wanker für Sie, gnädige Frau«, verkündete ich.

Die Direktorin verlor sofort die Nerven und warf meiner Mutter einen verzweifelten Blick zu. Schon damals war mir bekannt, dass Leute, die gelegentlich die Nerven verlieren, von vornherein über kein besonders kühles Mütchen verfügen. Die

Direktorin wandte sich an meine Mutter, nicht an meinen Vater, der von der Psychose seines Sohnes und dem aufgesetzten intellektuellen Schauspiel dieser herausragenden Pädagogin recht belustigt zu sein schien.

»Was will dieses Kind von uns?«, fragte sie mit einem Flehen in der Stimme und fügte hinzu: »Gunther, wir sind hier, um dir zu helfen. Dein Vater hat extra einen Tag Urlaub genommen, und deine Mutter ist sehr besorgt.«

»Gnädige Frau«, sagte ich, »ich will nicht respektlos erscheinen, aber für Sie bin ich Oberstleutnant G. Wanker, gnädige Frau.«

»Oberstleutnant G. Wanker«, korrigierte die Direktorin sich und fuhr sogleich fort. »Haben Sie irgendeine Erklärung für die dramatische Verschlechterung Ihrer Noten, die bis vor kurzem gar nicht so übel waren?«

»Nein, gnädige Frau.«

»Ist Ihnen bewusst, dass Ihre Versetzung in die zehnte Klasse sehr zu bezweifeln ist, jedenfalls was diese Schule angeht?«

»Zweifel ist das Fundament jeder gewissenhaften Forschung«, antwortete ich mit durchaus ehrlicher Intention. Ich wollte dieser autoritären Kuh bedeuten, dass es hier etwas zu bedenken gab, und vielleicht auch andeuten, dass das zu Bedenkende möglicherweise ihren geistigen Horizont überstieg, doch vor allem wollte ich ihr, meinen Eltern und jedem anderen Interessenten unmissverständlich klar machen, dass ich auf jedes Problem und jede Frage, die sie aufzuwerfen gedachten, eine gewaltige und endgültige Antwort parat hatte.

An dieser Stelle wurde ich selbstverständlich gebeten, in den Korridor zurückzukehren; und es blieb ihnen schließlich nichts anderes übrig, als mich in der geistestauben Klasse dieser hirntoten Frau mit ihren französischen Allüren für ein weiteres Jahr, zumindest vorbehaltlich, zu belassen. Natürlich wussten sie, dass das Kind ganz und gar nicht dumm, vielleicht sogar intelligenter war als die Direktorin, und gleichzeitig gab es keinerlei Zweifel daran, dass das Kind den Kontakt zum Lehrstoff einstellte und sich irgendeiner obskuren militanten Fantasie hingab.

Ich benahm mich im Rahmen meines verzweifelten Verlangens, zum perfekten Symbol der Vorhautlosen zu mutieren, also tatsächlich etwas eigenartig, allerdings war ich mir dieses ungewöhnlichen Verhaltens stets bewusst. Erste Anzeichen einer Abnormität spielten sich im Kontext meines scheinbar aufrichtigen Glaubens ab, ich sei tatsächlich ein Oberstleutnant der siegreichen zionistischen Armee. Zu jener Zeit glaubten meine Volksgenossen übrigens wirklich, dass ihre Armee eine siegreiche war. Zugegebenermaßen lag der Oktoberkrieg '73 bereits hinter uns, rückblickend der Beginn einer langen Serie von Schlachten, die meinem Heimatland eine Niederlage nach der anderen einbrachte, bis hin zum endgültig letzten Gemetzel, von dem es sich nie wieder erholten sollte. Doch zu jener Zeit verstanden wir, meine Volksgenossen und ich, uns gut darauf, die schmerzhafte Realität systematisch zu ignorieren. Nur wenige waren in der Lage, das Ausmaß der drohenden Katastrophe abzuschätzen, und ich selbst identifizierte mich mit dem Großteil meines Volkes, das in unserer Armee eine gewaltige, unbesiegbare Macht sah, sowohl in der Luft als auch zur See und zu Land.

Im Alter von fünfzehn Jahren kannte man mich also bereits unter dem Namen Oberstleutnant G. Wanker, zumindest was mein unmittelbares Umfeld anging. Meinen Vater beunruhigte das wenig, war die Tatsache, dass ich mich hinter einem so ehrwürdigen Titel unserer ruhmreichen Armee versteckte, doch eher als positives Zeichen zu werten, jedenfalls im Vergleich zu meinen anderen Exzentrizitäten, die während meiner ungewöhnlichen Entwicklung nach und nach ans Licht traten, darunter besonders meine ungebetene Teilhaberschaft an seiner fotoorgiastischen Welt. Andererseits betrachtete mein Vater den zionistisch-militanten Komplex seines Sohnes als Racheakt gegenüber seinem eigenen Vater, der auf jede nur erdenkliche Weise versucht hatte, in ihm und in mir die Ambitionen eines protestantischen Vikariatsanwärters zu wecken – augenscheinlich nicht gerade sehr populäre Neigungen in diesem Teil der Welt.

Während meiner schönen und ruhigen Jugend sah ich mich also einem einzigen Ziel verpflichtet: dem Heldentod in der Schlacht. Ich konnte mich allerdings nie recht entscheiden, ob ich lieber das Opfer oder der Altar selbst sein wollte, doch war ich an einer derart profunden philosophischen Spekulation ohnehin nicht besonders interessiert, es sei denn, sie hatte irgendeine unmittelbare Relevanz für das Wohl meines Volkes. Denkt man genauer nach, wird jedenfalls deutlich, dass, zumindest aus der Perspektive des Gefallenen, der in seinem Grab verspeist wird, die Frage, ob er Opfer oder Altar war, keinerlei Relevanz besitzt.

Von höchster Wichtigkeit in jenen Tagen war es hingegen, ein Mädchen zu finden, jemanden, in den man sich verlieben und in dessen Leib man jene jugendliche Aufruhr säen konnte, die ich im Übermaß besaß.

Wer sich zum Ziel gesetzt hat, auf dem Schlachtfeld zu sterben, der sollte allerdings unbedingt darauf achten, seine romantischen und sozio-erotischen Bande mit einem Mädchen zu knüpfen, das einen deutlich positiven Hang zum Witwendasein zeigt. Ein zukünftiger Staatstoter kann es sich auf keinen Fall leisten, sich mit einem rauchenden Hippie oder einer dahergelaufenen Schlampe einzulassen, denn die Geliebte aus Schultagen wird nach seinem Tod für den Rest ihres Lebens als Trägerin seines Andenkens herumlaufen. Das Letzte, was ein Kadaver in Wartestellung ertragen kann, ist die Vorstellung, dass eine dahergelaufene Schnapseule sich seiner erinnern wird, oder eine, wie wir's in jenen Tagen auszudrücken pflegten, »Tussi mit Bremsspuren im Slip«.

Wenige Jahre später, als endlich mein eigener kleiner Krieg ausbrach, entdeckte ich, wie wichtig es gewesen war, mich rechtzeitig an eine potenzielle Trauernde gebunden zu haben. Wie meine geneigten Leser sicher inzwischen festgestellt haben, ist es mir trotz meiner vehementen Bekenntnisse zum Heldentod und im Gegensatz zu einigen meiner besten Freunde offenkundig nicht gelungen, in der Schlacht zu fallen. In jenem Krieg war ich schon fast erwachsen. Es ist kein großer Unterschied erkennbar zwischen dem Gunther jener Tage und Ihrem ehrerbietigen Diener von heute, abgesehen von der fetten Wampe, die ich mir im Laufe der Jahre zugelegt habe, und den Beute suchenden Hormonen von damals, die mein Leben schon lange nicht mehr begleiten.

Wissenschaftler aus aller Welt sind sich einig, dass Krieg ein ziemlich aufgeilendes Phänomen darstellt. Ich kann dem aus eigener Erfahrung nur zustimmen, auch wenn ich in jenem Krieg unter einem schlimmen Hodenstau zu leiden hatte, denn die meisten Mädchen, die ich kannte, nahmen an einem verzweifelten, kollektiven Trauermarathon teil, von dem ich fürchtete, er würde niemals enden. Einen weiblichen Hintern zu erwischen, war in jenen fröhlichen Todestagen ein schier unmögliches Unterfangen. Ein ganzer Pulk von Frauen Gefallener spazierte mit großer Feierlichkeit von einem Begräbnis zum nächsten, von Trauerhaus zu Trauerhaus und weiter zu organisierten Gräberbesichtigungstouren. »Mach es dir zur lieben Sitte und fang dir einen Kadaver fürs Wochenende«, wünschten sie einander an den Werktagen. Nicht alle hatten dabei Glück. Ich sah einsame junge Frauen, die es nicht geschafft hatten, sich einen potenziellen Gefallenen zu angeln, bevor die Jungs in den Kampf auszogen, weshalb sie gezwungen waren, ihre Karten auf arme Hilflose zu setzen, auf Kopfverletzte und sonstige Bewohner von Intensivstationen, deren Tod so gut wie gesichert schien. Frauen, so konnte ich damals feststellen, verfügen über eine ausgeprägte physiologische Neigung zur Erinnerung, und sie stürzen sich darauf, wann immer es möglich ist.

Nachdem ich diese simple Einsicht bereits im Alter von fünfzehneinhalb Jahren erlangt hatte, fehlte mir aus meiner Sicht bloß noch die sozio-erotische Beziehung mit meiner zukünftigen Witwe. Sehr zu meinem Leidwesen verfügte ich über keinerlei romantische Begabung, was im Übrigen auch heute noch zutrifft. Ich hatte noch nie den Mut, vor einem Mädchen zu stehen, in seine glänzenden Augen zu blicken und mir ein Loch in den Panzer seines Herzen zu bohren, durch das ich vollständig hineinschlüpfen könnte. Niemand hat je auch nur einen Funken Romantik in meinem Gepäck entdeckt. Frauen, die in mir einen Romantiker sahen – und von ihnen gab es Dutzende in meinem Leben –, übten sich lediglich in kreativer Fantasie. Und in der Tat, um mich zu lieben, das begriff ich schon damals, benötigt man eine Menge Einbildungskraft. Ich war mir meiner Unbeholfenheit und meiner romantischen Tumbheit also durchaus bewusst, weshalb mir schließlich nur die Ausbildung einer an taktischen Selbstmord grenzenden Verführungsdoktrin blieb. Die Rolle, in die ich schlüpfte, war die des kalten, schlagfertigen Militärs, der nationalistisches Feuer in Richtung jeder Brustwarze spie, die seinen Weg kreuzte. Meine Furcht vor dem Nahkampf war derart groß, dass ich meine Zunge so lange trainierte, bis niemand ihr mehr zu widersprechen und ich mit ihr schließlich jede Erdspalte zu scheuern vermochte.

Selbst in jenen Jugendjahren fiel mir bereits auf, dass eine Frau, in ihrer bloßen Eigenschaft als Frau, die Möglichkeit besitzt, mich nackt, verwundet und wehrlos zurückzulassen. Sobald ich das Gesicht einer schönen Frau sehe, sobald ich in ihre glänzenden Augen blicke, muss ich mich von der erdrückenden Last befreien, die sich meiner aufgrund des bohrenden Schmerzes und des Bewusstseins einer gravierenden Kluft bemächtigt, die wohl nie überbrückt werden kann. Im Angesicht leibhaftiger Zärtlichkeit befällt mich düsterster Kummer, und eine schändliche Träne erscheint im Winkel meines linken Auges. Wenn ich das Sammelsurium meiner verbalen Kriegstaktiken abstreife, kann mich das schöne Geschlecht mit seiner extrovertierten Innerlichkeit in ein gebrochenes, beklagenswertes Etwas verwandeln.

Schon damals, am Ende der neunten Klasse, verstand ich, dass die Zeit nicht meinetwegen allein stillstehen würde. Es gab viel zu tun, und die Katastrophe schien nah. Ich musste in das Netz einer jungen Frau gehen, die den vielschichtigen Aspekten des Witwendaseins standhalten würde. Und tatsächlich, die Erlösung ließ nicht lange auf sich warten. Avischag erwischte mich an ihrer Angel.

4

Avischag, meine Avischag.

In seiner allerersten Frau begegnet der Mann dem Wesen des größten Geheimnisses überhaupt. Was er hier nicht entdeckt, wird er niemals entdecken. Das Leben scheint eine würdevoll dahinschreitende Abfolge fortlaufender Einsichten zu sein, doch die Wahrheit versengt uns den blanken Hintern wie glühendes Eisen. Was ich bei Avischag nicht lernte, vermochte mir keine meiner anderen Frauen beizubringen. Ich weiß nicht, was Frauen wirklich wissen über diesen sich aufrichtenden Neurotiker, doch was mich angeht, so muss ich nun, da ich mein Lebenswerk zusammenfasse, offen und ehrlich zugeben, dass ich, trotz meiner reichhaltigen Lebenserfahrung, im Hinblick auf die Möse der Ignorant geblieben bin, der ich an jenem Freitag mit Avischag gewesen war.

Die Möse. Mit ihr verhält es sich wie mit dem Leben und dem Krieg. Man kann sie studieren, viel über sie lernen, Theorien entwickeln oder sogar ganze Doktrinen verfassen. Doch bereits die erste Begegnung mit ihr offenbart die ach so schreckliche Wahrheit: Die Welt ist chaotisch, und inmitten dieser Totalität stellt die Möse ein Chaos im Kleinformat dar. Zu jener Zeit gab ich noch nicht einmal vor, ein Sachverständiger in Sachen Liebe und Sexualität zu sein. Ich begegnete Avischag erwiesenermaßen als männliche Jungfrau. Meine gesamte Konzentration galt der Umsetzung meines Projekts, dem weiblichen Quorum, das mein Andenken in Ehren halten sollte. Voller Verzückung stellte ich mir die Gemeinde der Trauernden vor, die sich lärmend um mein offenes Grab drängeln würde, eine Hinterbliebenen-Phalanx, gekommen, um sich mit gebrochenem Herzen von Ständerfried (das ist der Kosename, den ich meinem sich eigenwillig am Körper aufrichtenden Lustknochen verliehen hatte) zu verabschieden, ein letztes Mal, bevor der Stein seinen endgültigen Platz einnehmen würde. Ich sah, wie sie beieinander kauerten, kratzend, weinend, kreischend, und wie sie vor sich hin starrend ihr bitteres Schicksal und ihre Einsamkeit beklagten, unter der sie seit meinem Abgang zu leiden hatten. In einem meiner Träume über dieses Do-it-yourself-Begräbnis, angereichert durch den Schmerz, den der Verlust diesen Frauen zugefügt hatte, zerriss, inmitten des allgemeinen Geheuls, so erinnere ich mich deutlich, ein marokkanischer Brunftschrei plötzlich die Luft – jenes nordafrikanische Echo, das durch das Rollen der Zunge hervorgebracht wird – lulululululullulululuiiiiiiii. Jahre später versuchte ich, im Rahmen einer ausführlichen Selbstanalyse, zu verstehen, warum und woher Marokkaner in den Traum eingefallen waren und weshalb es gerade mein Begräbnis war.

»Was hatte jene Marokkanerin bei deinem Begräbnis zu suchen?«, fragte ich mich, meine Pfeife schmauchend, voller Stolz und Eigendünkel.

»Wurden Erfrischungen gereicht, und gab es marokkanische Zigarren?«

Ich wusste noch nichts von dem erotischen Zauber Nordafrikas, weshalb ich annahm, dass dies ein Echo aus der Zukunft war, das versuchte, mich aus meinem Grab und zurück zu den Lebenden zu rufen.

Meine Avischag war zwar nicht die hübscheste aller Frauen, doch ich hatte bereits verstanden, dass es bei einer Erscheinung wie der meinen ohnehin besser war, sich mit dem zu begnügen, was ich bekommen konnte. Meine Avischag war auch nicht die Klügste unter den Menschen, doch Ständerfried hatte bis dato ebenfalls noch nie einen Intelligenztest erfolgreich bestanden. Meine verehrten Leser liegen nicht falsch mit der Annahme, dass man Avischag und mich als den Gipfel der Mittelmäßigkeit bezeichnen musste. Obwohl wir auf geradezu sensationelle Weise durchschnittlich waren, liebten wir uns über alle Maßen. Wir liebten uns so sehr, dass ich die Tatsache, sterben zu müssen, darüber sogar manchmal vergaß; was schließlich dazu führte, dass die Gedanken an die vielen, über meinem offenen Grab trauernden Frauen allmählich begannen, salatgrünen Träumen mit viel blauem Himmel rundherum Platz zu machen. Sobald die Menschen wirklich lieben, wollen sie auf dem Lande leben, wie um die Verbindung zur Natur aufrechtzuerhalten und dem Begriff »Mutter Erde« eine Bedeutung beizumessen. Erde und Fruchtbarkeit geraten auf diese Weise zur direkten Ausweitung der Gebärmutter.

Im Alter von sechzehn Jahren also, an Avischags Seite, lernte ich einige Dinge auf eine tiefer gehende Weise, als ich sie in meinem späteren Leben je zu begreifen vermochte. Mit ihr erfasste ich den Ursprung der Verbindung zwischen Mann und Frau, Erde und Vegetation, dem Blau des Himmels und dem Lächeln eines Kindes. Das ganze Leben erhielt eine Art mythischen Wert, der sowohl die Eindrücke des Lebens selbst als auch das Leben als Konzept mit einschloss. Meine Avischag, ich und die Erde, wir wurden zu einer Einheit, so groß und so riesig, dass sie gleichzeitig auch das Winzigste und Intimste sein konnte, was möglich schien.

An jenem Wochenende in Avischags Hintern erhielt ich eine erste und letzte Lektion, die ich niemals vergessen werde. Ich, der ich so vollständig aufging in meiner sinnlosen Vorstellung, den abgeklärten Militär spielen zu müssen, und mir daher nicht mehr zutraute als einen Kuss auf die Wange, spürte plötzlich Finger, die sich in meiner Hose zu schaffen machten. Schnell führte ich eine Inventur meiner eigenen Hand durch und stellte zu meiner Bestürzung fest, dass die Finger in meiner Hose nicht die meinen waren. Ich war derart verwirrt, dass ich wütend wurde, und das Gleiche galt für Ständerfried, der noch nicht wusste, wie er mit den Eindringlingen fertig werden sollte. Mein Hals wurde trocken, und mit dem Rest meiner Kräfte versuchte ich, Spucke zu produzieren, um das schreckliche Gefühl des Sterbens durch Austrocknen irgendwie loszuwerden. Das Herz drohte bereits zu platzen, als sie mich wirklich berührte, ein echtes Fummeln jetzt, das mit nichts zu vergleichen war, was ich je zuvor erlebt hatte, und das sich so gut anfühlte, wie nur die absolute Verkörperung des Guten sich anfühlen kann. Selbst jetzt, Jahrzehnte später, durchfährt mich ein kalter Schauer. Im Taumel der Verwirrung ergriff ich zum ersten Mal während dieser post-kindlichen Phase die Initiative und ließ meinen eigenen Fingern ihren freien Lauf. Obwohl ich mich aufgrund meiner heimlichen Hingabe an Vaters fotografierte Erbschaft durchaus zu den Kennern der klitorialen Wissenschaft zählte, führte mich selbst dieses jungfräulich blinde Tasten zwischen Avischags jungen Schenkeln zu den höchsten Gipfeln der Erregung, die ich bisher erklommen hatte. Noch irrte ich wie ein aufgescheuchter Hase im Dickicht des Waldes, ungeduldig nach etwas suchend – wobei ich nicht wusste, nach was –, da waren meine Finger bereits überzogen von jener warmen Marmelade, einer Art flüssigen Lava, die sprudelnd aus den Tiefen emporstieg. Ohne Vorwarnung begann ich zu blinzeln, zu keuchen, zu röcheln und zu gurgeln. Irgendetwas stimmte nicht, war nicht mehr so wie zwei Tage zuvor, und ich befand mich auf dem Weg zu einem Kurzschluss des Bewusstseins oder vielleicht sogar einer elektrostatischen Explosion im Bereich der oberen Hirnschale. Eine obskure Todesangst befiel mich plötzlich, Schüttelfrost, kalter Schweiß und weiß der Himmel was sonst noch, und dann, wie durch ein Wunder, im wahrhaft letzten Moment und ohne jegliche Vorankündigung brach ein Damm in der Gegend meiner Lenden, der eine unmittelbare Auflösung meines Nervensystems zur Folge hatte. Eine oder zwei Minuten später, als ich am Hals meiner Liebsten noch nach Luft schnappte und dabei genüsslich in meiner eigenen Sauce versank, kam die Anweisung, zur Normalität zurückzukehren und sich für die erneute Bewegung bereitzuhalten. Mit Avischag, meiner Avischag, entdeckte ich den wahren Grund der Anziehung zwischen Mann und Frau, die Kraft, die in ihrer Verschiedenartigkeit liegt. Ich liebte sie, ich liebte Avischag über alle Maßen.

Ich liebte Avischag so sehr, dass bestimmte Gliedmaßen meines Körpers, besonders jene, die vom Körper abstehen, begannen, offene Abneigung gegen die törichte Idee vom staatlichen Selbstmord zu zeigen. Generell, und das verstand ich erst, als ich sehr viel älter war, litt ich in jenen Jahren unter einer beunruhigenden Schizophrenie. Obwohl ich wusste, dass Avischag mich, Oberstleutnant G. Wanker, wegen ihrer eigenen Neigung zum Witwendasein erwählt hatte, war ich derjenige, der, ihren Reizen hilflos ausgesetzt, begann, ein neuerliches Interesse am Leben zu verspüren. Und weil ich auch schon damals wusste, dass die Welt sich nicht an die Schablone in meinem Kopf hält, sondern ihren eigenen Regeln folgt, ernannte ich mich, in meinem eigenen Namen, zu einer Art Doppelagent. Für meine Bekannten blieb ich der Zweite Kommandeur einer Panzerbrigade, wenn nicht gar mehr. Meine besten Freunde übernahmen ebenfalls diesen militaristischen-militerotischen Lebensansatz und wurden zu Stabsoffizieren, Regimentskommandeuren und Kompanieführern in meiner Brigade. Tief in meinem Inneren hingegen, im Herzen meines Herzens, entwickelte sich allmählich eine tiefe Abneigung gegen diese lächerliche Hüpferei zwischen den Kugeln des Feindes. Wenn mein Gedächtnis mich nicht täuscht, so wagte ich es allerdings nicht, mich dieser Angst auch nur für einen winzigen Augenblick zu stellen, und schon gar nicht traute ich mich, sie mit jemandem zu teilen. Die Angst vor der Angst war so groß, dass ich mich noch nicht einmal auf meine eigenen Gedanken einlassen konnte. Im Gegenteil, je mehr ich mich fürchtete, desto entschiedener kehrte ich den grimmigen Macho heraus, und zwar ohne dass ich selbst den Grund dieser zur Schau gestellten Aggressivität verstand. Ein von mir besonders geliebter Schriftsteller, dessen Name mich an den Duft von Rosen erinnert, schrieb einmal, dass das Problem des Doppelagenten in dem Nachweis seines Erfolges bestehe, der so eng mit der Fähigkeit verbunden sei, sich dem Feind anzupassen, dass schließlich niemand mehr den Unterschied erkennen könne. Der Agent laufe Gefahr, so viel Anstrengung in die Assimilation seiner Erscheinung und seiner Denkweise an die des Feindes zu investieren, dass die Wandlung vom Status des eingeschleusten Fremdlings bis zur vollständigen Eingliederung in die feindlichen Reihen lediglich eine Frage der Zeit sei. Und ich verlor meinen Status als Fremder zwischen den Laken, verschlungen in der Umarmung mit meinem kleinen Mädchen. Ich wurde ein Mitglied der Gesellschaft, ein Einheimischer. Ich war assimiliert. Während ich zu Beginn noch ein Spielzeuggeneral war, hörte ich durch das ständige Vor und Zurück, Hinein und Heraus in und aus Avischags üppig quellender Scheide ganz neue Lieder, Lieder von Ewigkeit und Fortpflanzung. Ich war in die Reihen der Lebenshungrigen desertiert. Nun wollte ich für den zionistischen Traum nicht mehr sterben; ich wollte leben für ihn und ihm an der Zeugungsfront dienen. Irgendwo entlang des Weges hatte ich den Glauben an den Zustand der Bewusstlosigkeit als das eigentliche Ziel verloren. Ich warf das Gefühl des Fremdseins ab. Ich wurde Mitglied eines *Kibbutz*.

Trotz der in meinem Fleisch wütenden Lebenslust, die ein verheerendes Chaos in meinem Kopf anrichtete, hatte ich, anscheinend bis zu meinem Tode, noch immer einen Haufen starrköpfiger, kampflustiger »Offiziere« am Hals. Eine Schar von Böcken, die ihr nahendes Ende zelebrierten, das Vermächtnis ihres Lehrers und Tutors, Ihres ergebenen Dieners. Zu meiner großen Verwunderung kam ich damals zu dem Schluss, dass ich mit einem Überschuss an Charisma gesegnet war, eine Tatsache, die durchaus das Potenzial für eine Katastrophe besaß. Was sollte ich mit meiner Clique aus Pseudo-Offizieren anstellen, allesamt bereit für die Schlacht, während ich selbst, für mich selbst, nichts anderes wollte als jene kostbare Perle, die ich entdeckt hatte? Und als wäre das noch nicht genug gewesen, als Ranghöchster dieser lächerlichen Organisation war ich verpflichtet, mich angemessenen zu verhalten und entschlossen zu handeln. In jenen Tagen des seelischen Aufruhrs wurde mir klar, dass pure Dummheit nichts weiter ist als ein vorübergehendes Übel, die charismatische Dummheit hingegen die Gefahr dauerhafter Schande in sich birgt und ein komplettes Desaster anrichten kann.

Mit Avischag verbrachte ich die intensivste Phase meiner Jugend, stets in dem festen Glauben, dass dies wohl die einzige Beziehung meines Lebens bleiben würde. Rückblickend (nicht, dass ich es nicht bedauern würde, dass sich die Dinge anders entwickelt haben) ist mir heute bewusst, dass in unserer jugendlichen Unschuld von damals etwas lag, das einen Schatten auf unser gesamtes restliches Leben warf. Andere Frauen interessierten mich nicht, sie tauchten in meinem Blickfeld einfach nicht auf. Ich habe Avischags Vertrauen niemals missbraucht, was ich über keine einzige meiner anderen Frauen behaupten kann. So unschuldig waren wir, dass wir uns für durchsichtig hielten in einer Welt aus Glas. Wir verbrachten unsere schönsten Jahre, als wäre das Leben ein geruhsamer Spaziergang im Glaslabyrinth des Schlotzkilski-Luna-Parks. Sobald wir einander entdeckten, liefen wir aufeinander zu, stießen gegen die Glaswände und brachen in schallendes Gelächter aus. In einem solch durchsichtigen Spiegel liegt ein anderer Blick auf die Welt, ein Blick, den ich auch aus heutiger Sicht nicht minder schätze, ganz und gar nicht. Je älter ich wurde, desto weiter entfernte ich mich von mir selbst und der großen Familie der Menschheit. Ich habe keinen unmittelbaren Zugang mehr zu den arglosen Gedanken und Wünschen. Die Welt wurde von Tag zu Tag dunkler, und ich entwickelte ein immer größeres Geschick darin, mich zwischen ihren Schatten und auf ihren blinden Pfaden zurechtzufinden.

Damals wusste ich nicht, und auch Avischag kam es nicht in den Sinn, dass ich, ihr persönlicher General, der erste Mann, der ihr nahe gekommen war, mich allmählich in einen gequälten, von Alpträumen geplagten Feigling verwandelte. Wir waren derart ignorant uns selbst gegenüber, dass sogar Avischag eine aktive Rolle in meiner tumben Fantasiewelt übernahm. Der Höhepunkt dieses Spiels war schließlich erreicht, als sie eine Überraschungsparty zu Ehren eines Schulfreundes vorschlug, der gerade eine fiktive Beförderung erhalten hatte. In Reih und Glied saßen wir, der Kreis der Befehlshaber, damals auf einer Wolke, die hoch oben vom tiefblauen Himmel herabhing und ganz gewaltig schwankte. Von dort schien für die meisten von uns selbst der Tod noch eine verführerische Aussicht zu sein, doch mich, so wage ich mir heute einzugestehen, übermannten bereits vereinzelte Anfälle von Intelligenz. Ich spürte, dass ich wohl früher oder später auf einer schwärzeren Wolke landen würde, um auf ihr in ein fernes Land mit besonders grauem Himmel davonzusegeln.

5

Während meines gesamten verworrenen Lebens habe ich nie Urlaub gemacht, abgesehen von den zwei Wochen aufgezwungener Freiheit zwischen dem Ende der Abiturprüfungen und dem Ruf zur Fahne. In all den Jahren am Gymnasium machten sich meine Lehrer jedes Mal vor den Sommerferien einen Spaß daraus, mir schlechte Noten zu verpassen, eine Art infantile Rache seitens der durch die Laune der Natur versehrt auf die Welt Gekommenen.

»Er hat das ganze Jahr über nicht gelernt, jetzt muss er eben während des Sommers lernen.« Es handelte sich eindeutig um eine Verschwörung. Regelmäßig ließen sie ihren Zorn an mir aus und machten eine außerplanmäßige Arbeit oder eine Nachprüfung zur Bedingung für meine Versetzung in die nächste Klasse. Die meisten meiner Lehrer, wenn nicht gar alle, die mir schon damals wie ein Haufen schrecklich langweiliger Arschlöcher vorkamen, hatten nicht den leisesten Schimmer, dass sie mir mit ihrem Verhalten einen großen Gefallen taten. Nichts verabscheute ich mehr als Urlaub, und nichts begeisterte mich mehr als das Studium meiner selbst, allein in meinem Zimmer, und wenn auch nur aus dem einzigen Grund, den Saft meiner Adoleszenz zu verteilen, wann immer mir gerade danach war. Je nach Bedürfnis meines Stoffwechsels, verbrachte ich meine Freizeit entweder lesend oder in meinem Bett.

Ich habe noch nie die Neigung verspürt, meine Arbeit zu unterbrechen. *Arbeit macht frei*, wie wahr, wie wahr! Meiner Meinung nach setzen Urlaub und Nichtstun Prozesse der Verkümmerung in Gang, die unseren sich ständig verändernden Ideen und Zielsetzungen ihren freien Lauf untersagen. Jene zwei Wochen des ziellosen Nichtstuns lehrten mich, dass man sich, wenn einem keine Herausforderung vor die Nase gesetzt wird, eben selbst eine schaffen muss.

Alberto und ich beschlossen, uns schweren physischen Mutproben zu unterziehen. Alberto war übrigens die Person, die mir in jenen Jahren am nächsten stand, vielleicht sogar überhaupt in meinem Leben. Schon in der Grundschulzeit trennten wir uns nie länger als für einige Stunden, weshalb Albertos Verschwinden aus meinem Leben und die Tatsache, dass er mich allein in der Welt zurückließ, zu einem der bedeutendsten Einschnitte in meinem Leben wurde. Wenn Alberto am Leben geblieben wäre, hätte alles ganz anders werden können. Alberto war die außergewöhnlichste Figur, die ich je kennen gelernt habe. Er überragte uns alle in jeder Hinsicht. Ohne Zweifel war er schneller, stärker und größer als wir. In jeder erdenklichen Disziplin – in Bezug auf den Lehrstoff, im Sport, sogar bei den Mädchen und Gott weiß, worin noch – erreichte Alberto immer die höchstmögliche Punktzahl. Trotzdem schenkte er uns stets ein etwas debiles Lächeln und redete Unfug, nur um von unserer Clique, unserem lächerlichen Befehlshabertrupp, akzeptiert zu werden. Wir wussten immer, dass Alberto mit uns nicht viel gemein hatte. Wir wussten, dass er zu Höherem bestimmt war, während wir uns für immer am Mittelmaß würden erfreuen müssen.

Und dennoch: Zwischen Alberto und mir festigten sich im Laufe der Jahre die Bande der Freundschaft, einer Freundschaft, wie ich sie bis heute mit niemanden je wieder geteilt habe. Wir verbrachten Tag und Nacht damit, uns sinnlosen Fantasien hinzugeben. In ihnen waren wir Raumfahrer, geniale Hurenböcke, Wehrmachtsoffiziere und sogar Magnaten unter den studentischen Reiseveranstaltern. Man kann guten Gewissens behaupten, dass wir keine einzige Anmaßung, keinen Tagtraum, keine Macho-Fantasie ausließen. Wir schmiedeten sogar Pläne für eine gemeinsame geschäftliche Zukunft, nur für den Fall natürlich, dass es uns nicht gelingen sollte, wie geplant in der Schlacht zu fallen. Wir dachten damals, dass wir, da unsere begrenzte Kraft sich in Fantastereien erschöpfte, diese zu einer Marketingstrategie bündeln könnten, mit Hilfe derer wir möglichst vielen Menschen dazu verhelfen wollten, ihre Traumziele anzufliegen, ihr ganz persönliches *Shangri-la*. Tatsächlich planten wir, ein Reiseunternehmen zu gründen, das Flugtickets in die Freiräume der Fantasie verkaufte. Sogar einen Namen hatten wir für unser Unternehmen: *Imagination-Tours*.

In jenen Tagen der aufgezwungenen, vormilitärischen Freiheit hoffte ich insgeheim, meine frühere soldatische Manneskraft möge auf irgendeine wundersame Weise zu mir zurückkehren. Je näher meine Einberufung rückte, desto stärker fühlte ich jedoch, wie mein Heldenmut immer weiter schwand. Und dennoch, der Militärdienst stand vor der Tür, und eine Portion Abhärtung hatte noch niemandem geschadet. So zogen Alberto und ich in den zwei Wochen vor unserer Einberufung mit Gewichten und Stahlzeug behängt durch die Gegend, verbrachten drei Tage in der Wüste ohne Wasser und Essen und gaben uns diversen einfältigen Überlebenstrainings hin. Zur Vorbereitung auf die Kriegsgefangenenlager peitschten wir uns gegenseitig mit einem Ledergürtel auf die Zehen und zündeten unsere Schamhaare an. Wir erklommen den höchsten Gipfel der Küstenebene, um, falls nötig, gerüstet zu sein für die Besteigung des *Hermon*. So kam der entscheidende Tag immer näher, und ich glaubte schließlich, meine verlorene Tapferkeit sei wiederhergestellt.

Alberto und ich wurden an demselben bitteren Tag eingezogen. Es dauerte keine Stunde, und Alberto war aus dem Rekrutierungsbüro verschwunden. Er wurde einem streng geheimen Elite-Spähtrupp zugeteilt, der so geheim war, dass selbst der Stabschef nicht in das Geheimnis seiner Existenz eingeweiht war. Die hierarchische Ordnung unter den Soldaten wurde mit äußerster Präzision befolgt, wozu auch gehörte, dass es dem Einzelnen, abgesehen von der Kenntnis seiner eigenen Existenz, strengstens untersagt war, irgendetwas zu wissen, noch nicht einmal über die Kriegskameraden; die Hierarchie war derart strikt, dass eine Gruppe von Soldaten innerhalb des Trupps schon mal den Kontakt zueinander verlor.

Da es den Soldaten dieses Trupps also strengstens verboten war, über Wissen jedweder Art zu verfügen, ob relevant oder irrelevant, übten sich Alberto und seine Kameraden im Vergessen. Das Training der Amnesie gehörte zu den anstrengendsten militärischen Übungen jener Zeit, und das Trainingsprogramm dieses Trupps, der nur die Besten der Besten in seinen Reihen duldete, lag jenseits aller Belastungsproben, die sich ein Normalsterblicher vorzustellen vermag. Da der Trupp nur die wirklich harten Jungs von der Art Albertos aufnahm, Experten der Kriegskunst und bereits vor ihrer Einberufung körperlich voll einsatzfähig, entwickelte sie eine asketische Trainingsmethode, die der Tradition und dem Kriegsethos der Armee vollkommen zuwiderlief. So wurden die Soldaten des Trupps bereits in den ersten Tagen nach ihrer Einberufung zu Kombinationsübungen herangezogen, die Flugkenntnisse, Tieftauchen und immense körperliche Fertigkeiten erforderten und dem einzigen Zweck dienten, Hunderte von Kilometern hinter die Feindeslinien zu marschieren.

Während der gesamten übrigen Zeit bemühten sich die besten Militärpsychologen und Küchenchefs der Reserve auf noch nie da gewesene Weise, nach und nach und mit ausgeklügeltem Kalkül die körperlichen und geistigen Fähigkeiten der Soldaten so lange zu beeinträchtigen, bis sie teilnahmslosen, zurückgebliebenen Dickerchen glichen, verwöhnten Gören mit einem Hang zu unvorhergesehenen und lang anhaltenden infantilen Jammeranfällen. Die Grundausbildung des Trupps, der sich auf die Ausbildung der Vergess-Fähigkeiten der Soldaten konzentrierte, wurde mit einem strapaziösen Marsch des Vergessens beendet, in dessen Verlauf sich die Jungs in ihren eigenen Wohngebieten verliefen, weil sie ständig im Kreis marschierten und dabei keinerlei Spuren hinterließen. Darüber hinaus wurde den wenigen, die die Ziellinie erreichten, unter ihnen Alberto, während einer ergreifenden Zeremonie, bei der niemand zugegen war, das Amnesie-Abzeichen verliehen und ein Barett von undefinierbarer Farbe (aus Gründen der Feldsicherheit) überreicht. Das Barett war übrigens mit einem Funkrufempfänger versehen, einem elektro-optischen Sensor, der bei nicht vorhandenem Kontakt mit dem Kopf sofort ausgelöst wurde und einzig dazu bestimmt war, den Verlust des Baretts zu verhindern. Naturgemäß verloren die Kämpfer des Vergess-Trupps in einem nicht mehr akzeptablen Umfang regelmäßig ihre Baretts, wodurch sie allerdings andererseits ihre besondere Fähigkeit und ihr Pflichtgefühl als Elite-Vergesser unter Beweis stellten.

Selbstverständlich steckte hinter der militärischen Denkweise, die zur Formierung des Vergess-Trupps geführt hatte, ein hohes Maß an Einblick und Einsicht in die militärische Philosophie. Teile des armeeeigenen Nachrichtendienstes, die pfiffigsten Jungs in Uniform überhaupt, waren damals, nach dem Oktoberkrieg '73, schlau genug, um etwas zu begreifen, das die Mehrheit der Generäle nie wahrhaben wollte. In ihren Augen war die Armee eine derart absurde Organisation, dass man, um einfallsreichen, kritischen und kreativen Elementen eine Chance zu geben, die Menschen in antimilitärischem Denken bis hin zur revolutionären Verdummung schulen müsse.[1] Es lohnt sich hin-

[1] Anmerkung des Herausgebers: Zweifelsohne bezieht Wanker sich an dieser Stelle auf das meta-indoktrinäre Prinzip, von dem er in späteren Jahren völlig besessen war. Zwar wissen wir nicht viel über die Vergess-Einheit, es ist aber anzunehmen, dass die Idee, die der Formierung einer solchen Eliteeinheit zu Grunde liegt, im Scheitern der »Konzeption« zu suchen ist, dem Scheitern, das zu den demütigenden Niederlagen im Oktoberkrieg und in den zahllosen nachfolgenden Konfrontationen führte. Die Truppe hatte selbst festgestellt, dass sie unvorbereitet war, und suchte aus diesem Grund nach einer kreativen, innersystemischen Lösung.

zuzufügen, dass es trotz des reichlich vorhandenen schriftlichen Materials zur gängigen militärischen Dummheit äußerst schwierig ist, auch nur einen einzigen Hinweis auf die revolutionäre, antimilitärische Verdummung zu finden. Es handelte sich um eine völlig neue Theorie der Kriegsführung, die aus dem Nichts heraus aufgebaut werden musste. Da der Nachrichtendienst selbst ein Teil der Armee war und als Symbol für herausragende Fähigkeiten galt, mussten jene, die als verdummte Vergesser fungieren sollten, die besten Analytiker und klügsten Soldaten der Nation sein. Soldaten, die unter anderen Umständen zu den höchst-»dekorierten« gehört hätten, Kommandoführer, Stabschefs und Ministerpräsidenten. Soldaten, die die Fähigkeit besaßen, mit Hilfe ihres physischen und mentalen Durchhaltevermögen ganze Kolonien des Feindes im Alleingang zurückzuschlagen.

Mein Freund Alberto war mit der unmöglichen Aufgabe betraut worden, das Gebilde der Armee ohne Einschränkung oder Rücksicht von innen heraus zu kritisieren. Während unserer Zeit beim Militär versammelte sich der ehemalige Befehlshabertrupp – jedenfalls diejenigen, die am Wochenende Ausgang hatten – jeden Freitag auf dem Eisengeländer gegenüber dem Baraka Café. Stundenlang saßen wir da, flirteten mit den Augen unsere keck ihre Busen hervorstreckenden Freundinnen an und vertrieben uns die Zeit mit dem Austausch von Eindrücken und dem Enthüllen militärischer Geheimnisse. Je häufiger man es schafft, das Schweigen zu brechen und den Großteil der militärischen Geheimnisse dem Wind zu überantworten, desto eher stellt man fest, dass man dem Kern der Dinge zu Leibe rückt. In den ersten Monaten der Grundausbildung, als die meisten von uns noch mit ihren beeindruckenden Fähigkeiten prahlten, das eine oder andere Gewehr auseinander nehmen oder sich mit kaltem Wasser waschen zu können, flog Alberto bereits Hubschrauber, legte Unterwasserminen und marschierte lässig hinter die feindlichen Linien. Wir wussten ganz genau, dass Alberto uns alle überflügelt hatte, dass er aus dem Holz geschnitzt war, aus dem man Generäle macht. Kaltblütig, berechnend, analytisch – genau so war er. Mit der Zeit, als wir selbst Hubschrauber flogen und uns hinter den Feindeslinien tummelten, wurde Alberto allerdings zunehmend schweigsamer. Immer seltener erzählte er uns von seinen Erlebnissen, und wir glaubten ihm und respektierten, dass es uns nicht erlaubt sei, seine Geheimnisse mit ihm zu teilen. Dann begann er, uns nicht mehr beim Namen zu nennen oder sie zu verwechseln. In unserer Dummheit hielten wir das für den ultimativen Ausdruck erlesenen Spitzenhumors. Sein Blick wurde glasig, träumerisch und geheimnisvoll, und er begann, Fett anzusetzen. Wir brauchten eine Weile, bis wir begriffen, dass er nicht mehr zu unseren Treffen erschien, aber wir wussten ja auch, ohne dass er uns einweihte, in welch schwerwiegende Angelegenheiten er verwickelt war und dass das Schicksal der ganzen Nation auf seinen Schultern lastete. Zwei Monate vor seiner Entlassung kam Alberto unter mysteriösen Umständen ums Leben.

Viele Jahre später entdeckte ich, dass er die Nase ziemlich voll gehabt hatte von der vergesslichen Verdummung. In einem Dokument, das mir aus den geheimen Akten des militärischen Nachrichtendienstes zugespielt wurde, fand ich einige Zeilen einer Traueransprache, die sein Kommandeur, der Chef-Vergesser gehalten hatte:

Leutnant-Vergesser Alberto Algernetti, gefallen in der Pflichterfüllung seiner revolutionären, antimilitärischen Verdummung. Alberto zeigte ein hohes Engagement für seinen Auftrag … und noch etwas anderes, an das ich mich im Moment nicht erinnern kann, doch ich bin sicher, dass es da noch etwas anderes gab, das er zeigte … Verdammt, was war das noch mal?«

6

Als ich erwachsen wurde, begriff ich allmählich, dass sich in meiner Welt die Grenzen aufzulösen begannen, die Grenzen zwischen dem Ich und der Geschichte, zwischen Identität und Identifikation, zwischen Opferwillen, Opfertod und Abschlachtung. Wenn mir nicht rechtzeitig die Gelegenheit gegeben worden wäre festzustellen, dass ich ein berufsmäßiger Feigling bin, wäre ich bestimmt unter den Rädern der Geschichte zermalmt worden. Als Feigling verstand ich sehr bald, dass die Geschichte, hätte sie Räder gehabt, sich eilends aus dem Staub gemacht hätte, so wie es letztendlich auch geschah.

Von dem Augenblick an, da ich entdeckte, dass ich ein Feigling bin, wurde mein Leben an der Seite jener Kreaturen, die sich als historisch betrachten, zu einem vielfach interessanteren Ereignis. Es gibt wenige Dinge, die wunderbarer sind als das Leben im Narrenparadies, kaum vergnüglichere Erlebnisse als das zügellose Umherstreifen unter den Lebewesen, deren Dasein von Wille und Wollen geprägt ist. Die historischen Kreaturen schienen mir mehr und mehr ein wahrhaft absonderliches Völkchen zu sein. Für sie steht jede Wahrheit im Zeichen von Determinismus und Selbsterniedrigung.

Obwohl mein Verlangen nach dem Tod im Laufe meiner Jugendjahre rapide abnahm und, andersherum betrachtet, meine Lust auf das Leben ständig zunahm, verstand ich es jedoch noch nicht, die nächsten logischen Schritte zu tun. Es gelang mir nicht, meine Uniform abzustreifen. In Wirklichkeit zog ich meine Generalskluft überhaupt nicht von selbst aus; sie wurde mir gewaltsam und auf äußerst demütigende Weise entrissen. In jenem kochend heißen August, zwei Wochen nach dem Schulabschluss, kam ich im Rekrutenlager an, ausgestattet mit zwei Unterhemden, einem Paar Unterhosen und einer Zahnbürste. Dort wurde ich ohne einen tröstenden Blick, ohne ein Wort der Anerkennung für meine Taten in der Vergangenheit, zum Rekruten degradiert, als wäre ich eines Verbrechens an der Menschheit, an der Nation und wer weiß was noch schuldig gewesen. Dort, im Rekrutenlager, erlebte ich eine Art zweiten Dreyfus-Prozess.

Bereits während der ersten Stunden verstand ich, dass im Gegensatz zur Disziplin des Halbwüchsigen-Militarismus, in der ich während meiner Schulzeit Großes geleistet hatte, meine Chancen, mich im echten Militär zu integrieren, gegen null tendierten. Alles, was ich dort erlebte, brachte mich derart zum Lachen, dass es wehtat. Wenn man nicht selbst Soldat war, hat man keine Vorstellung vom institutionalisierten Schwachsinn, der dort zur Tagesordnung gehört. Mein Vater und andere Erwachsene hatten mich darauf hingewiesen, dass das Militär ein vorübergehendes Übel sei, welches man durchhalten und anschließend abhaken müsse, doch in meiner dümmlich-jugendlichen Aufsässigkeit hatte ich verächtlich auf Durchzug geschaltet. Es genügten mir zwei Stunden beim Militär, um zu begreifen, was ich schon lange zuvor hätte begreifen müssen – dass ich unfähig bin, mich irgendeiner Autorität zu beugen. Noch nie, weder in meiner frühesten Kindheit, noch in meiner Jugend und erst recht nicht im Alter, war ich je bereit, mich irgendeiner Autorität zu beugen. Selbst wenn mir eine Frau einen Korb gab, weigerte ich mich, mich der Autorität ihrer Ablehnung zu unterwerfen. Ich blieb dran, umwarb sie und schmeichelte ihrem Ego, bis ich mir eine Bresche in ihr Herz geschlagen hatte.

Zwei, drei Stunden in der Armee genügten mir, um zu wissen, dass ich nichts anderes wollte, als zwischen Avischags Schenkel zu sinken, die Augen zu schließen und nie mehr aufzuwachen. Der Alptraum war unerträglich. Ich hatte nicht die geringste

Ahnung, wo ich die Kraft hernehmen sollte, um das absurde Gebell und den diktatorischen Wahnsinn der Armee zu überleben.

Die einfachste Möglichkeit, die es gab, war natürlich ein sofortiger Termin beim Militärpsychologen. Ich hatte von Soldaten gehört, die mittels der »Elefanten-Masche« mühelos ihre sofortige Entlassung erreicht hatten, eine Übung, die keine besonderen Fähigkeiten erforderte. Sobald man das Zimmer des Militärpsychologen betreten hat, zieht man das Futter aus den vorderen Hosentaschen, öffnete den Reißverschluss, zückt den Schwanz und erklärt: »Ich bin ein Elefant.«

Drei Soldaten kenne ich sogar persönlich, die mit der Behauptung, ein Elefant zu sein, umgehend vom Militärdienst befreit wurden. Ich hörte von einer Militärpsychologin, die eine traumatische Begegnung mit einem Jumbo im Rekrutierungsbüro in Haifa hatte. Der Schock war so groß, dass ihr Vorgesetzter für den Rest ihrer Dienstzeit morgens zunächst in ihr Büro gehen und brüllen musste, dass alle Elefanten sich schleunigst zu verdrücken hätten. Erst dann wagte sie es, das Zimmer zu betreten und sich erneut ihren Krankenakten zu widmen.

Für mich kam die Elefantennummer allerdings nicht in Frage. Und dies aus dem einfachen und peinlichen Grund, dass ich bestenfalls als Elefanten*baby* durchgegangen wäre. Denken Sie sich, was Sie wollen.

Wie auch immer, mir war ziemlich klar, dass ich auf eine Entlassung aus psychologischen Gründen wohl kaum hoffen konnte. Obwohl ich es bereits verschwommen ahnte, hatte ich das Ausmaß meiner Feigheit noch nicht wirklich erkannt; um es ganz unverblümt zu sagen, ich wusste noch nicht genau, dass ich der größte Feigling auf Erden bin. Heute ist mir bewusst, dass man mit dieser Erkenntnis eine ganze Reihe von Problemen lösen kann; man muss nur zugeben, dass man ein Feigling ist. Über die Jahre fand ich heraus, dass der Feigling im Allgemeinen nicht verachtet, sondern sogar weithin respektiert wird. Der Grund dafür liegt in einer Art Zirkuslogik.

Einerseits verachtet der Mensch, der seine Ängste zugibt, den Feigling nicht, da er sich selbst in ihm erkennt. Andererseits ist der strahlende Held, der sich in der Löwengrube einem Dutzend geifernder Bestien gegenübersieht, wohl kaum denkbar ohne den Hasenfuß, da erst der Feigling seine Heldentaten überhaupt möglich macht. Ohne dass dem einen der Arsch auf Grundeis geht, wären die heroischen Akte des anderen keinen Pfifferling wert. Insofern ist der Feigling eine lebenswichtige Komponente der gesellschaftlichen Ordnung.

Ich jedoch gehöre zum Stamm der allerfeigsten Art, derjenigen, die in dieser Zirkuslogik keinen Platz hat. Ich, Gunther, gehöre der Familie der Mega-Feiglinge an, die sich als Helden einer Nation darstellen. Menschen wie ich sehen auf den Feigling herab, aber den Helden erkennen wir ebenso wenig an. Und zu guter Letzt gehöre ich der kleinen und überaus seltenen Gruppe jener an, die immer einen Weg und eine List finden, sich vom Schlachtfeld fern zu halten. Menschen wie ich lassen andere für sich sterben. Schon als mir zu dämmern begann, dass ich nichts weiter als ein Spielzeuggeneral war, wusste ich auch, dass der Kampfruf »Mir nach« niemals über meine Lippen kommen würde. Ich wusste, dass ich nicht einer der Draufgänger war, die mit Gebrüll nach vorne stürmen. Das ging doch auch höflicher. »Nach euch, meine ruhmreichen, heldenhaften Brüder«, hätte man rufen können. Oder die viel versprechende Variante: »Freiwillige vor – es winkt ein Ausflug zu eurem Schöpfer!« So sann ich in aller Unschuld und viele Tage lang über ehrenhafte Rückzugswege aus dem staatlichen Sterbetraum nach.

Ich war immer noch in Uniform und mittlerweile bereits Obergefreiter in einer beliebigen Eliteeinheit, als plötzlich der Krieg ausbrach – mein Krieg, in dem ich nun selbst den Kopf auf den Richtblock legen sollte. Diesen Krieg hatten wir schon gegen Ende unserer Gymnasialzeit vorausgeahnt; zwei Jahre, ehe er wirklich ausbrach. Es war uns klar, dass wir ein Kriegsjahrgang waren und dass die Namen einiger von uns dereinst die

Kupfertafel am Schultor schmücken würden. So wie Frauen menstruieren, haben auch die Führer der Nationen ihre in seltsamen Zyklen auftretenden Tage, und wir wussten, dass das nationale Menstruationsblut nun unser Blut sein würde. Wenn unser Krieg nicht zum vorhergesehenen Zeitpunkt ausbrach, so witzelten wir, war der Staat womöglich schwanger. Selbst den Zeitplan des Krieges kannten wir im Voraus. Führer aus aller Herren Länder bevorzugen die erste Juniwoche, vielleicht weil sie den Sommer nicht gern in Anzug und Krawatte verbringen. Da zieht man es doch vor, sich über die Sommermonate in gut ventilierten Kommandobunkern aufzuhalten, statt in den brütend heißen, öden und verlassenen Städten des Südens populistische Volksreden zu schwingen.

Das Bedrückendste, was es für einen Infanteriesoldaten gibt, ist die Fahrt in einem staubigen, verbeulten Armeelaster, der ihn seinem Tod entgegenbringt. Man ist nervös, vor Angst wie gelähmt, und man meint, dass einem gleich die Blase platzt. Die Fahrt dauert Stunden über Stunden, und man sitzt inmitten einer endlosen Reihe von Hosenscheißern – allesamt gefangen in Stahldosen wie man selbst –, die sich vor lauter Angst die Stiefel vollkotzen. Die von oben brennende Sonne, der Lärm der Motoren und der rüttelnde Stahl verwandeln die Stunden in einen alles verschlingenden Strudel; es ist, als würde man sehenden Auges das eigene Ende halluzinieren. Umgeben von Chaos und Getöse begreift man, dass es ein völlig unpersönlicher Tod sein wird, der am Ende des Weges auf einen lauert. Man fühlt sich wie lebendiges, gequältes Fleisch, das schon am Tor der koscheren Wurstfabrik angekommen ist.

Je näher man der Front kommt, desto mehr vermischt sich das Donnern der Geschütze mit dem Heulen der Ambulanzsirenen, den kreischenden Reifen der Wagen, die Halbtote ins Hinterland karren. Die Zeit vergeht langsam, jede Sekunde besiegt einen auf ihre eigene Art. Und noch langsamer löst sich die Reihe auf, im traurigen Rhythmus der Stiefel, bis man selbst zur

Spitze des eigenen angekündigten Todes vorgedrungen ist. Und es ist einem egal, weil es nichts nützt, jetzt in Tränen über das von einem selbst ausgehobene Grab auszubrechen; es wird dunkel, stockfinster wie die ägyptische Plage, und schon bin ich mitten im Feueraustausch mit jemandem, der verzweifelt versucht, meinem Leben ein Ende zu setzen. Ich ducke mich hinter einem Felsvorsprung, werfe ab und zu eine Granate und feuere blindlings Schüsse ab, nur um dem Feind zu bedeuten, dass ich noch lebe und atme. Zwei Stunden lang spiele ich mit der Mörderbande, bis ich mit einem Mal das ganze idiotische Spiel satt habe, dieses Spiel, bei dem sich die ganze Welt gegen mich verschworen hat, mich in ein Sieb verwandeln will. In einem plötzlichen Anfall von Mumm, den ich mir bis heute nicht erklären kann, ramme ich ein frisches Magazin hinein, schalte auf Automatik, richte den Lauf auf meinen Knöchel und drücke ab, ehe ich einen Schmerzensschrei von mir gebe, der so authentisch und Furcht erregend wie ein Schlachtruf über die Front hallt. Ich habe mir eine ganze Salve ins Bein geschossen. Von da an bin ich so entspannt, als befände ich mich zwischen Avischags Schenkeln. Beruhigt und guter Dinge schlafe ich ein.

Am nächsten Tag erwache ich im Blitzgewitter der Kameras, in einem Krankenhaus fernab von der Front. Verblüfft erfahre ich, dass ich der Held des gestrigen Tages bin. Man eröffnet mir, dass meine Kameraden, als sie meinen orgiastischen Schlachtruf hörten, der ihnen noch aus der Grundausbildung bekannt war, diesen als Zeichen zum Angriff ausgelegt hätten und mir nachgestürmt wären. Nachdem sie alles niedergemäht und die Toten gezählt hatten, konnten sie mich nirgends finden. Sie wühlten und gruben zwischen den Feindesleichen, dachten, ich sei beim Bajonettkampf unter ihnen verschwunden. Stundenlang suchten sie überall, bis sie mich schließlich an meinem Felsvorsprung fanden, ein breites Lächeln auf den Lippen – als hätte ich, ehe ich ohnmächtig wurde, noch gesehen, wie sie das Werk beendeten, das ich durch meinen Schlachtruf in Gang gesetzt hatte.

7

Eine Woche lang wurde ich mit dem Besuch aller Großen des Landes beehrt, die nur allzu gern kamen, um sich an der Seite des Nationalhelden am Krankenbett fotografieren zu lassen.[2] Vor lauter Schmerzmitteln war ich vollkommen benebelt. Ich konnte meinen Kopf nicht heben, um zu sehen, was von meinem Fuß übrig geblieben war. An meinem Bett erschienen täglich professionelle Sargnägel, die Avischag mit Freuden verscheuchte. Ich wusste, dass all diese Trauerbesessenen darauf aus waren, mich in ihre intimen Geheimnisse als Kämpferinnen der Ammenbrigade einzuweihen. Im Licht der Angst, verlassen zu werden, oder umgekehrt, von eingebildeter Nähe, sind Frauen am ehesten bereit, ihre oralen Fertigkeiten einzusetzen, wie mir des Öfteren aufgefallen ist.

Als es wieder ruhiger wurde, pilgerten auch meine ehemaligen Untergebenen aus der Schule zu mir. Sogar Alberto kam kurz vorbei; sein Blick war leer, das Lächeln, an das ich mich so gut erinnerte, erschöpft und gequält. In den Tagen der Gnade nach meiner Verwundung suhlte ich mich geradezu in der klebrigen Suppe der Bewunderung, die mit reichlich Schokolade garniert worden war. Als schließlich auch die Sargnägel das Interesse an

[2] Anmerkung des Herausgebers: Die hebräische Politelite war bekannt dafür, ein besonderes Faible für Krankenhäuser und Krankenbetten zu hegen. Die Köpfe der Regierung führten einen erbitterten Medienkrieg gegeneinander, da sie sich alle möglichst häufig mit Kriegsversehrten und trauernden Familien verewigt sehen wollten. Sie stärkten den Trauernden den Rücken, um daran selbst zu erstarken.

mir verloren, waren Avischag und ich unter uns, nur manchmal besuchten mich meine Eltern, um mich mit einer Flut von Fragen bezüglich meiner Zukunft zu bedrängen. Mir war klar, dass ich jede Verbindung mit der alten Welt so schnell wie möglich kappen musste. Wenn sie herausfanden, dass ich mir den Knöchel selbst durchsiebt hatte, würden sie mich in einem Panikanfall – besonders wegen der Medienorgie, die mich umgeben hatte – aus dem Fenster meines Krankenzimmers werfen und anschließend die Müllabfuhr rufen, damit sie meine Überreste vom Trottoir kratzte. Obwohl mir doch im Grunde niemand etwas vorwerfen konnte. Ich hatte mir mit einem herzzerreißenden Schrei ins Bein geschossen und war selig entschlummert. Ich hatte nie ein Held sein wollen, und das hatte ich den Journalisten auch gesagt – was diese wiederum als Zeichen meiner Bescheidenheit auslegten.

Mir war das große Glück vergönnt, mein Rollenbild neu definieren zu können, sowohl mein Selbstbild als auch jenes, das ich in den Augen meiner Mitmenschen abgab. Neue, unbekannte Fluchtwege standen mir offen. Wenn ein Mensch als Held betrachtet wird, so erkannte ich, wird er selbst dann mit Nachsicht behandelt, wenn er sich wie die Axt im Walde aufführt. Ich war mir schmerzlich bewusst, dass meine Avischag, die mein Heldentum feierte, als hätte sie im Lotto gewonnen, nur allzu bald aus meinem Leben verschwinden würde. Sie liebte einen anderen in mir, einen Mann, den es nicht gab und den es auch nie gegeben hatte. Und so schlüpfte ich in die Rolle des sensiblen Kriegstraumatisierten. Nach zwei Monaten Krankenhausaufenthalt, einige Tage vor meiner Entlassung, eröffnete ich Avischag, dass ich ein wenig Zeit für mich selbst brauchte. Männlich und offen ließ ich keinen Zweifel daran, dass sich der Knoten unseres Liebesbandes gelöst hatte. Die Liebe meiner Jugend war vorbei.

Ich verspürte ein starkes Bedürfnis, andere Welten zu erforschen, fernen Frauen nachzujagen, für nur eine Nacht – oder auch nur fünf Minuten, um genau zu sein. Ich wollte, dass mir ein Mädchen im Vorübergehen das Herz brach, während ich ihr mit unerträglicher Sehnsucht hinterhersah, so als würde dort die große Liebe meines Lebens verschwinden. Ich wollte Frauen küssen, die ich nicht kannte, im Bus in den Hals von Touristinnen beißen, Fahrradsitze anonymer Fahrräder beschnuppern, Unzüchtiges in Ohrmuscheln flüstern, die Augen schließen und eins mit meiner Geilheit werden. Damals war ich mir noch nicht bewusst, dass man zwar leicht ins Foyer der Liebe gelangt, dort aber der Aufzug der Zeit wartet und einen mit lauter Trugbildern einlullt. In ihm strebt man einer abstrakten Liebe entgegen, die einem manchmal sogar zum Greifen nahe zu kommen scheint, weshalb man sich sehnsüchtig und mit schwerem Atem an ihren nackten Körper klammert. Am Ende dieser imaginären, einem Marathon ähnlichen Himmelfahrt stellt sich jedoch heraus, dass man nur ein bettelarmer Wicht ist, der von vornherein einer flüchtigen Täuschung aufgesessen ist.

Gestützt auf einen Krückstock trat ich als hinkender Hurenbock in die Welt hinaus. Sehr schnell entdeckte ich, dass – übrigens entgegen meiner Jugendaufassung – junge friedensbewegte Frauen am leichtesten abzuschleppen waren. In jenen Tagen nach dem Krieg wurde das Land von einem radikalen Block jüdischer Fundamentalisten beherrscht, während die Friedensbewegung die Fahne der Erleuchtung hisste. Die erleuchteten Friedenssucher sahen das Licht am Ende des Tunnels, und ich zwinkerte mit ihnen, als hätte auch ich einen rosafarbenen Schimmer in der Zukunft ausgemacht. Im Dunkel des Tunnels wollten sich alle gegenseitig Wärme spenden, und so kam ich den friedensbewegten Schönheiten näher. Waren wir nackt, ließen sie den Blick über meinen Körper schweifen, betrachteten eingehend meinen versehrten Fuß und verkündeten lustvoll: »Nie wieder Krieg!« Und dann stiegen sie auf mich und vögelten mich mit aller Macht. Frauen aus dem linken Lager haben ein geradezu lyrisches Faible für Kriegsversehrte, das sie erst so richtig scharf zu machen scheint. Eine von ihnen pflegte sogar ihre erogenen Zonen an meinem Knöchel zu reiben und dabei ekstatische Schlachtrufe von sich zu geben. Ich staunte über die Seltsamkeit der Welt, und schließlich nahm ich die weibliche Spezies gar nicht mehr ernst.

Denn ob links oder generell friedensbewegt, am Ende war es verschwendete Zeit. Ich entdeckte in den schönen Erleuchteten eine Gewalttätigkeit, die mich frappierend an das Gegenlager erinnerte. Bei den Friedensfestivals, an denen ich manchmal teilnahm, wurde eine Brutalität an den Tag gelegt, die mich regelrecht schockierte. Dennoch lernte ich, die Protestmärsche zum Anfachen meiner Libido zu nutzen. Vorneweg marschierten die Männer als eine Art menschlicher Schutzgürtel, Schulter an Schulter in lächerlicher Brüderlichkeit vereint. Mich ließen sie vergnügt zwischen ihren Frauen hinken. Die Frauen marschierten in der Mitte und skandierten leere Friedensslogans. Schweiß perlte in ihren Achselhöhlen auf, ihre Rücken hinunter, in ihre Ausschnitte hinein, als ein direktes Resultat ihrer eifrigen, hühnerhaften Anstrengungen. Da marschierten sie nun, Mädchen und Frauen, dicke, dünne, verbrauchte, kränkliche, schöne und sogar sehr schöne, atmeten im festen Rhythmus und spien ihre disharmonischen Friedensperlen in die Welt. Und ich humpelte zwischen ihnen, während sich ihr Schweiß mit dem Duft von Haut und Haar vermischte. Ich zitterte vor Lust. Manchmal presste ich beide Hände auf die Ohren, erschüttert von ihrer dümmlichen Schönheit, dem Geruch von Schweiß, Parfüm und Tampons. Sie kreischten zusammen, lauter und lauter, bis sie zum kollektiven Orgasmus kamen und dann erschöpft innehielten, so schön und matt, dass ich mit ihnen allen schlafen wollte. Jetzt waren sie in Stimmung, und ich konnte nicht zulassen, dass sie die Nacht allein verbrachten. In jenen Tagen des phallischen Kampfes für den Frieden identifizierte ich mich im libidinösen Exzess schließlich sogar mit den Leiden des palästinensischen Volkes.

Als verkrüppelter Reservist, der mit dem Feind gemeinsame Sache machte, erlangte ich mehr und mehr Prestige beim schönen Geschlecht; im fleischlichen Kontakt erfuhren die Frauen meine Ansichten von Gleichberechtigung. Schon damals war zu erkennen, dass ich die umfassende Fähigkeit besaß, mich kraft des Wortes in Frauenköpfe einzupflanzen, dass ich es ihnen intellektuell nach allen Regeln der Kunst besorgen konnte. Konventionelles Anmachen war, wie erwähnt, noch nie meine Stärke gewesen; das richtige Timing und etwas origineller Funkenschlag, schon war die Sache geritzt. Frauen mögen nicht sehr scharfsinnig sein, haben aber Hochachtung vor dem Verstand und großes Verständnis für das Andersartige. Da ihnen von vornherein etwas fehlt, ist es nur natürlich, dass sie sich mit gespreizten Beinen dem hingeben, woran es ihnen mangelt und nach dem es sie so sehr verlangt. Nun war ich erektionstechnisch kein Meister, weshalb ich diese Unzulänglichkeit durch Eloquenz ausglich. Die Frauen lernten, nach meinen Worten zu lechzen, und ich lieferte ihnen die gewünschte Ware; ja, im Grunde war es meine Beredtheit, die sie in allen erdenklichen Stellungen vögelte. Mit verbaler Finesse ließ ich sie den Gipfel der Lust erstürmen, brachte ich sie in jene unbekannte Zone, wo sich sexuelle Wonne mit totalem Verlangen vereint.

Auch wenn der Körper des Mannes irgendwann Erholung braucht, sein Verstand bleibt allzeit bereit. Ja, selbst der Fortpflanzungsinstinkt geht vom Verstand aus, und so schien es mir nur natürlich, meinen Lieben die Früchte des Verstandes zu bringen, die ihnen so schmählich vorenthalten wurden. Ich brachte ihnen die Erleuchtung. Das Wesen der Erleuchtung besteht darin, dass sie die Oberfläche der Dinge in eine neue, unbekannte Perspektive rückt; sobald die Dinge aber an ihrer Oberfläche erleuchtet sind, erscheinen sie uns gleichzeitig auch vertrauter denn je. Und so thronte ich wie ein kleiner Gott in den Seelen meiner Frauen und machte sie mir untertan.

Trotz meiner unerschöpflichen Eloquenz gab es aber auch

Frauen, denen ich nicht gewachsen war. Frauen, die mich intellektuell locker in den Schatten stellten. Sie verursachten mir Muffensausen. Sie waren die personifizierte Kastration, und dennoch war ich gnadenlos scharf auf sie. Je weniger ich ihnen gewachsen war, je vehementer ihr Verstand an meiner Männlichkeit rüttelte, desto mehr begehrte ich sie – und sie mich wiederum umso weniger. Ich bündelte all meinen Grips, meine gesamten intellektuellen Fähigkeiten, und bekam bloß die kalte Schulter gezeigt. Sie benutzten mich und verwandelten mich kühl und kalkulierend in eine Schablone meiner Unzulänglichkeiten; an der Seite dieser Mannweiber wurde sogar *ich* zur Frau. Zu ihnen gehörte Lola, die mich zeitweilig durch meine dritte Lebensdekade begleitete. Sie kam und ging, wie es ihr beliebte, und ich gab ihr alles, was ich besaß.

8

In einer Ecke der berühmten Cafeteria in der Fakultät für Geisteswissenschaften griff Lola zum ersten Mal nach meinem Leben. In geisteswissenschaftlichen Zirkeln konzentriert sich die intellektuelle Aktivität im Allgemeinen zwischen Kaffeetassen und Zigarettenrauch. Dort, in der Cafeteria, verhandeln die angehenden Bildungsträger voller Pathos und Elan Themen, von denen sie keinen blassen Schimmer haben. Sie tun dies nicht, um ihren Intellekt zu schärfen, sondern hauptsächlich, um einander mit leerem Geschwafel zu beeindrucken. Je abstruser das Thema, desto höher die Chance, das Gegenüber mundtot zu machen. Dementsprechend hatten sich die Fakultät für Geisteswissenschaften und ihre Cafeteria mit den Jahren in eine intellektuelle Wüste verwandelt – in ein ideales Betätigungsfeld für meine Wenigkeit also, denn wenn es um leere Worte geht, dann gibt es keinen, der es mit mir aufnehmen könnte. Stundenlang führte ich mit meinen Kommilitonen engagierte und erregte Dispute über die denkbar vernachlässigungswürdigsten Themen.

In der schwatzhaften Landschaft der Cafeteria nistete eine Menge hübscher Bienen, und nicht zuletzt auch ein seltsamer Vogel namens Lola, der wie ein Strohbesen mit Titten aussah. Lola war ganz offensichtlich ziemlich ratlos, was die Welt um sie herum anging. Ihre Stimme war das pure Phlegma, und bei den wenigen Gelegenheiten, zu denen sie den Mund aufmachte, bemerkte ich, dass sie eine einzelne Silbe auf Satzlänge hinausziehen konnte. Wenn wir, die Dauergäste der Cafeteria, auf den

Wellen leerer Worte surften, beobachtete uns Lola aus den Winkeln ihrer Kuhaugen, während sie dabei stets die Stirn in Falten zog. Da sie nie am allgemeinen Geschwätz teilnahm, fiel es mir schwer, sie einzuschätzen. Manchmal sah ich sie allein in einer Ecke der Cafeteria sitzen; sie wirkte, als würde sie einfach dem Lauf der Welt zuschauen. Einmal beobachtete ich, wie sie einem einsamen Studenten mit leicht verwirrtem, liebeshungrigem Blick folgte. Sie war so zartgliedrig und zerbrechlich, dass es mich heiß und kalt überlief. Ihre Verwundbarkeit barg eine Schönheit, die ich umarmen wollte. Schon in meiner Kindheit, wenn mein Vater mich mitnahm, um die Wandervögel zu beobachten, war ich voller Rührung, wenn ich die Störche am Himmel sah, die den anderen als Letzte hinterherflogen. Eine träge Melancholie umgab Lola, als betrachte sie die Welt durch das Glas einer Coca-Cola-Flasche. Sie hatte etwas, das meine Fantasie reizte, während sie gleichzeitig vielleicht auch schon einen Hauch Leidenschaft in mir weckte.

An einem der verlorenen Abende zwischen Herbst und Winter, wenn der Himmel so grau ist wie am Vorabend eines Krieges und kein Mensch allein schlafen will, fand ich mich neben ihr auf der Rückbank des 25er-Busses, der von den Toren der Universität zur Stadtmitte fuhr. Ich wollte mit ihr reden, doch obwohl ich in der Öffentlichkeit nie um ein Wort verlegen bin, war ich zu schüchtern, um sie anzusprechen. Während der Bus von Haltestelle zu Haltestelle fuhr, wurde die Zeit langsam knapp; meine Haltestelle rückte näher, und gleich würde ich aussteigen müssen, ohne auch nur ein Wort mit ihr gesprochen zu haben.

»Wieso bist du denn so still heute?«, hörte ich plötzlich ihre gleichgültige Stimme.

»Ich dachte an Descartes«, antwortete ich in in einem Anfall geistigen Hochmuts.

»Was ist so wichtig an Descartes, das dich dazu bewegt, dich mit ihm zu beschäftigen anstatt mit mir?«, fuhr sie in ihrem schleppenden Singsang fort, während sie ihre waidwunden Kuhaugen auf mich heftete. Während meine Haltestelle hinter uns verschwand, überlegte ich fieberhaft, wie ich rechtfertigen konnte, dass ich sie bis jetzt ignoriert hatte.

»Ich dachte an den seltsamen Zusammenhang zwischen ›Ich denke, also bin ich‹ und dem Beweis für die Existenz Gottes«, antwortete ich wichtigtuerisch.

Und sie erwiderte, langsam und bedächtig: »Wenn du auch nur einen Funken Verstand besäßest, hättest du längst begriffen, dass die Existenz dem Denken vorangeht. ›Du bist, und deshalb denkst du‹ – und was Gott betrifft, so ist das eine ganz andere Geschichte.«

Ihre Stimme war so leise, dass ich sie kaum verstehen konnte. Ich schluckte und brach fast in Tränen aus. In drei Zügen hatte mich dieses träge Wesen komplett schachmatt gesetzt. Eine solche Niederlage hatte mir noch niemand zugefügt. Am liebsten hätte ich mich vor den Bus geworfen und gewartet, bis mich die Räder zerquetschten. Und selbst jetzt ließ sie noch nicht locker.

»Statt dir intellektuell einen runterzuholen«, sagte sie, »sollten wir nicht lieber eine richtige Nummer schieben?«

Das war's. Ich hatte auf allen Ebenen verloren. Ich wollte etwas erwidern, bewegte sogar die Lippen, brachte aber kein Wort hervor. Sie hatte mir gezeigt, was Sache war, und während ich noch nach Luft schnappte wie ein Fisch am Strand, sagte sie seelenruhig: »Da vorne wohne ich. Kommst du mit hoch?«

Ohne meine Reaktion abzuwarten, griff sie nach meiner Hand wie eine entnervte Mutter, die ein widerspenstiges Kind bändigen will. Dann stolperten wir auch schon aus dem Bus. Willenlos ließ ich mich in ihre Wohnung schleifen.

Nervös trat ich ein. Noch ehe die Tür hinter uns zuschlug, drückte sie mich an die Wand und presste sich im Schutz der Dunkelheit an mich. Überwältigt von ihrer Mähne und ihren Brüsten, packte ich ihre Hinterbacken und biss sie in den Hals. Während ich ihren Hals liebkoste, schob sie mir ihr Becken entgegen, um schließlich lässig von mir abzurücken und zu fragen: »Na, Gunther, meinst du, ein Mann könnte mich lieben?«

»Lola«, antwortete ich, »ich bin bereits über beide Ohren in dich verknallt.«

Erbarmungslos riss sie mich an sich: »Nein, Gunther, ich meine, ein richtiger Mann.«

Während ich noch an ihrem Hals hing, brach ich in Tränen aus. Lola wollte mich nicht; sie wollte ein wenig Wärme, das war alles. Ich aber konnte bereits nicht mehr ohne sie leben. Ich wollte sie als Frau für jede Jahreszeit. Sie hingegen verachtete mich, so wie sie die ganze Welt verachtete, und das mit Recht.

9

Eine ganze Nacht lang lag sie völlig reglos da, während ich alles versuchte, um sie in ihren Grundfesten zu erschüttern. Ich fühlte mich wie ein Zinnsoldat, der vergebens gegen das Tor einer byzantinischen Festung anrennt.

Vielleicht bin ich ihr wirklich nicht gewachsen, dachte ich, während ich mich ins Innere ihres stillen Körpers bohrte. Überhaupt muss ich zugeben, dass ich die Sache mit der Penetration schon immer als bizarr empfunden habe. Das Penetrieren ist auf gewisse Weise eine ziemlich unentschlossene Angelegenheit. Man greift an und zieht sich zurück; ununterbrochen geht es rein und raus, raus und rein. Keine Frage, für den Mann ist das eine überaus ambivalente Sache. Manchmal hörte ich dabei sogar die vorwurfsvolle Stimme meiner Mutter: »Gunther, entweder du kommst rein oder du bleibst draußen, aber mach die Tür zu!« Damit war es dann endgültig mit meiner Konzentration vorbei.

»Mutter, geh weg, lass mich in Ruhe vögeln, ich bin schon ein großer Junge«, versuchte ich den Widerhall ihres polnischen Akzents aus meinem Kopf zu verscheuchen und mich neu zu sammeln. Diese Konzentrationsprobleme suchten mich verstärkt während meiner dritten Lebensdekade heim, und speziell beim Vögeln sind sie eine wahre Plage, ganz abgesehen davon, dass das ganze Rein und Raus an sich schon etwas Zerstreutes an sich hat. Ein Freund, der mir zu Beginn meines Erwachsenenlebens als heimlicher Ratgeber diente, erzählte mir, dass er einmal mit einer jungen Frau zusammen gewesen war, die ihn so zum Gähnen langweilte, dass er sich vorstellte, wie er sich einen runterholte, um nicht den Faden zu verlieren. Tatsächlich, dieser Rat war äußerst hilfreich, wie im Folgenden zu sehen sein wird.

Die ganze Nacht hindurch, rein und raus aus Lolas verschlafenen Toren, versuchte ich zu vergessen, wie sie mir gezeigt hatte, was Sache war. Um die trübe Wirklichkeit ihres Bettes zu verdrängen, erfand ich mir eine neue Realität, wie sie nur eines wahren Onanisten würdig ist: Ich ging rein und wieder raus, liebkoste mit der einen Hand ihre kleinen runden Hinterbacken, während ich mit der anderen ihre schmale Taille umfing und mir vorstellte, wie sie unter mir stöhnte und keuchte, bis aus mir ein Regen klebriger Wirklichkeit strömte, ein erster Regen, der unseren gemeinsamen Winter ankündigte. Dann erst stellte ich entsetzt fest, um wie viel bitterer als jede Fantasie die Wirklichkeit sein konnte. Sie schlief den Schlaf der Gerechten, als hätte sie gar nicht gemerkt, was eben geschehen war, während ich mich fragte, wie tief dieser Abgrund war, ob ich irgendwann auf dem Boden aufschlagen oder einfach immer nur weiter fallen und fallen würde. Und just in dem Moment, als ich mich an den Gedanken des endlosen Höllensturzes gewöhnt hatte, hörte ich sie schleppend und melodisch flüstern: »Das war ja unglaublich gut.«

Plötzlich war da ein Felsvorsprung, an dem ich mich festhalten konnte. Ich wollte vor Glück weinen, klammerte mich mit aller Macht an den Kapernstrauch, der aus der steil abfallenden Felswand wuchs. »Bleib bei mir«, flüsterte sie. »Die ganze Nacht, und halt mich, bis ich eingeschlafen bin.«

Ich hatte schon begriffen, dass ich an Lolas Seite besser mit Worten sparte. Und so gehorchte ich, beugte mich über sie und schob meine rechte Hand unter ihrem Kopf hindurch bis zu ihrem knochigen Schulterblatt, während ich mit meiner freien Hand in weichen Kreisen über die Linie ihres Kiefers und ihre glatte Wange strich. Ich streichelte mit dem Handrücken ihre

Halsbeuge hinauf, bis über das Ohr und zurück. Ihre Augen waren geschlossen; sie war schön wie ein Engel, und da der Winter vor der Tür stand, achtete ich darauf, dass sie gut zugedeckt war. Ich fühlte, wie ich mich Hals über Kopf in sie verliebte.

Ich streichelte sie Stunde um Stunde. Der Morgen kam. Die Sonne begann, die Reste der Nacht zu vertreiben, und als erste Lichtstrahlen durch die Jalousien flimmerten, bemerkte ich das Meer von Zeichnungen und Skizzen, das mich umgab, übersah zum ersten Mal die Zimmerlandschaft, in der ich meinen tückischen Plan an Lola vollzogen hatte. Falls sie mich nach dem Erwachen hinauswerfen sollte, bin ich dennoch gar nicht so schlecht weggekommen, dachte ich. Eine flotte Nummer und etwas Kultur, das war doch auch schon was.

Lola malte, wie noch kein Mensch vor ihr gemalt hatte. Mit den Sonnenstrahlen, die durch die Jalousien drangen, entfalteten sich ihre Zeichnungen vor meinen Augen. Anfangs sah ich einzelne Schatten, dann einen grauen Raum von Tönen, der sich allmählich mit dimensionslosen Farben und Gestalten füllte. Am Ende sah ich die Zeichnungen in ihrer Ganzheit, eine Symphonie, deren Wesen die Leere war. Bleibt hinzuzufügen, dass Lola Bentinis Arbeiten sich heute größtenteils in öffentlichem Besitz befinden und dass man sie in vielen glamourösen Ausstellungen bewundern kann, die in den westlichen Metropolen von Galerie zu Galerie wandern.

Leise stand ich auf und wanderte zwischen den vielen leeren Gestalten und Schatten umher. Ich trat näher, dann wieder zwei Schritte zurück, und wollte es nicht glauben. Bis zu jenem Tag hatte ich keine wirkliche Berührung mit der Kunst gehabt, doch das, was Lolas Hände hervorbrachten, trieb mir den kalten Schweiß auf die Haut. Die Sonne war schon auf ihrem unmissverständlichen Weg zum Zentrum der Dinge; durch die Ritzen der Jalousien sah ich, dass sich das erschreckende Grau des gestrigen Tages vollkommen aufgelöst hatte. Ich kehrte ins Bett zurück, nahm Lolas Gesicht in meine Hände, küsste sie zärtlich auf die Stirn und flüsterte, halb an mich gewandt, halb an sie: »Lola, du bist ein Genie.«

Sie schlug ihre Kuhaugen auf. Ich wiederholte meine Worte, doch diesmal ging ich mehr ins Detail. »Lola, du bist ein Genie«, sagte ich. »Ich liebe dich, ich werde dich glücklich machen. Ich werde dir Kinder machen, die Blumentöpfe gießen, kochen, Geschirr waschen, Geld verdienen, mir die Zähne putzen, nach dir einschlafen, nach dir kommen, vor dir kommen, deinen Rücken einseifen, am Wochenende mit dir spazieren gehen und garantiert nie fett werden ...«

»Ganz ruhig, Gunther«, unterbrach sie mich mit ihrer schleppenden Stimme, in die sich gleichwohl ein sehr bestimmter Ton geschlichen hatte. »Ich weiß nicht, was Liebe ist. Ich habe noch nie geliebt. Und ich glaube nicht, dass ich jemals lieben werde.«

Das schreckte mich nicht ab. Ich versicherte ihr, ich würde mich damit begnügen, wenn sie mir nur in ihrem Schatten Zuflucht gewähren würde; ich würde mich damit zufrieden geben, sie auch ohne Gegenliebe anzuhimmeln.

Lola sagte kein weiteres Wort. Sie setzte sich auf und reckte ihre Arme über den Kopf. Nun sah sie wie ein jungenhafter Strohbesen aus, mit kleinen weichen Brüsten, die sich zärtlich mit dem Körper neigten. Sie stand auf und ging nackt zum Fenster, und ich verfolgte jede noch so kleine Bewegung ihres knochigen Körpers. Nichts macht mich mehr an, als eine haarige Spalte von hinten zu betrachten, die sich verschämt hinter der Kerbe eines Arschs verbirgt.

Der Gedanke, dass sie mich möglicherweise niemals lieben würde, bedrückte mich. Aber ich war ergriffen von ihrer Schönheit, während mir gleichzeitig in den Sinn kam, dass es außer mir nicht allzu viele gab, die eine solche Art von Schönheit zu schätzen wussten. Vielleicht würde ihre Schönheit demnächst mein Privateigentum sein, dachte ich. »Lola«, wandte ich mich an sie, während sie die Jalousien hochzog, »willst du, dass ich gehe?«

»Gunther, schon seit vielen Jahren weiß ich nicht, was ich will«, sagte sie, ohne mich anzusehen. Ich betrachtete ihr Profil und ihre Beine, und im selben Moment erkannte ich, welch überwältigender Kummer auf ihr lastete. Ich ging zu ihr und schlang meine Arme um sie, doch sie sah weiter auf die Straße hinaus, ohne einen Muskel zu bewegen.

10

Viele Monate lang schlang ich so meine Arme um sie. Ich lernte, Lolas Absichten und Wünsche zu erspüren, noch bevor sie sich selbst ihrer bewusst wurde. Ich aber wusste, wann ich zu verschwinden hatte, um sie der Einsamkeit ihres Künstlerdaseins zu überlassen. Ich wickelte sie ein mit meinen Umarmungen, packte sie natürlich auch gern wieder aus, verführte sie, es in allen erdenklichen Spielarten mit mir zu treiben. Ich ließ sie meine Ehre mit Füßen treten und zog bei ihr ein, ehe sie überhaupt wusste, ob sie selbst das auch wollte. Lolas Leben war hohl, doch wusste ich, dass sie zu Großem bestimmt war. Ich wollte mich in ihrem Schatten befinden, wenn sie reich und berühmt war; mehr noch, ich wollte ein Stützpfeiler im Gebäude ihres Erfolgs sein. Lola ihrerseits maß sich und ihrem Werk keine besondere Bedeutung bei. Sie malte, da sie keine andere Wahl hatte. Da sie einer anderen Spezies angehörte, ihrer Zeit weit voraus, war sie nicht fähig, eine wesentliche Verbindung mit den Angehörigen der Menscheit einzugehen. In ihren Zeichnungen schuf sie ihre eigene Welt, da sie die Welt um sich herum nicht verstand.

Schon in frühester Kindheit hatte sie sich den phlegmatischen Tonfall zugelegt; ein Trick, um von anderen Menschen als gleich unter Gleichen angesehen zu werden. Sie stellte sich dumm, damit ihre exzentrischen Neigungen nicht sofort ins Auge fielen, vielleicht sogar auch, damit man ihr den nötigen Raum überließ. Diese Genies, die sich um jeden Preis zu assimilieren versuchen, haben etwas Amüsantes an sich. Lola mit ihrer schleppenden Stimme, Alberto mit seinem einfältigen Lächeln;

beide sind Schlüsselfiguren in meinen Leben und doch so offensichtlich einer fremden Spezies angehörig, einer Spezies von stiller Größe, die sich in den Wahnsinn der lärmenden Mehrheit zu integrieren versucht. Da sie nicht wie die anderen waren, versuchten Lola und Alberto ihre Fremdheit zu kaschieren, indem sie sich besonders eigentümliche menschliche Angewohnheiten zulegten. Ihr Verhalten spiegelte auf unschuldige Weise die dunklen Seiten in uns allen wider; als müsse man, wenn man als ganz normaler Mensch gelten wollte, in der Nase bohren, furzen und ununterbrochen Unsinn reden. Als Kind der Menschenfamilie betrachtete ich es jedenfalls als echtes Privileg, mich in ihrer Gesellschaft zu sonnen; ein bisschen war es, als könnte ich auf gleichsam telepathische Weise Botschaften aus der Zukunft vernehmen.

Ich genoss die Zeit mit meinem Mädchen aus der Zukunft, doch ich wusste, dass unsere Beziehung für sie, obwohl sie es nie sagte, eine vollkommene Zeitverschwendung war, ähnlich der Beziehung, die man zu einem Schoßtier hat. Eine Frau ihres Standes, eine edle Stute, kann sich vielleicht mal mit einem läppischen Pudel vergnügen, doch ihr Schicksal wird sie wohl kaum davon abhängig machen. Ich wusste, dass sie mich so lange an ihrer Seite dulden würde, bis sie den Ritter ihres Lebens treffen würde. Und doch waren wir auf eine diffuse Art trotzdem tief miteinander verbunden. Ich wusste, dass sich die Männer, die ihr den Hof machten, im Allgemeinen als Trugbilder entpuppten und dass sie schließlich doch immer wieder gebrochenen Herzens zu mir zurückkehrte – zu mir, der ich ihr ohnehin nicht widerstehen konnte.

Und tatsächlich kam sie jedes Mal mit gestutzten Flügeln und hängenden Federn zurück. So groß ihre Erwartungen waren, so groß waren auch ihre Enttäuschungen. Die verzweifelte Suche nach der einzigartigen Liebe, nach der Ewigkeit, nach himmlischer Neugier, intellektuellem Austausch und sexueller Erfüllung war offenbar vergeblich. Aus irgendeinem Grund neigen die Menschen dazu, vom Leben zu erwarten, dass es ihnen etwas Totales, Absolutes, rundum Vollendetes bietet; sie ignorieren aufs Gröbste die Tatsache, dass das Leben eine beschissene und endliche Erfahrung ist, die der Mensch in Einsamkeit durchläuft. Man muss lernen, sich mit wenig zu begnügen. Es ist besser, Trost im Schatten zu finden und das Licht zu segnen, auch wenn es nicht greifbar ist.

Erstaunlicherweise verstärkte sich in Lola das Verlangen, all das auszukosten, was sie für ihr elementares Recht hielt, umso mehr, je größer die Zahl ihrer Enttäuschungen wurde. Wieder und wieder kam sie mit gebrochenem Herzen zurück, und ihr Körper roch nach fremden Männern. Mit einer Leichtigkeit, die mich heute erstaunt, lernte ich, die Gnade ihrer Rückkehr zu genießen, mich in der bedrückenden Zärtlichkeit der Erniedrigung zu baden. Sie bettete ihren Kopf an meine Schulter und schlief in wenigen Minuten ein, und ich streichelte ihre Stirn bis in die Nacht hinein. So blieb sie für kurze Zeitspannen bei mir, bis der Hunger in ihr wieder übermächtig wurde. Dann machte sie sich erneut auf die Suche nach dem, was die Welt nie bereithält – weder für sie noch für irgendeinen anderen Menschen. Und ich wusste genau, dass ich ihr nichts verweigern konnte, wenn sie zurückkam.

In der Zwischenzeit blieb ich einsam in ihrer Wohnung zurück, die mittlerweile zu unserer gemeinsamen Wohnung geworden war. Ich verschaffte mir Erleichterung, indem ich zuweilen auf die Seite der käuflichen Liebe wechselte, was durchaus seine Vorteile hat. Mit Liebesverkäuferinnen wird man nie eine dauerhafte Verbindung eingehen. In der gekauften Liebe zahlt man einen Anteil Geld für einen Anteil Zeit; für die Ewigkeit gibt es dort keinen Wechselkurs.

Bei der gekauften Liebe fließt Geld wie Wasser, bis zu dem Sekundenbruchteil, in dem das Gefühl der Befriedigung kippt. Bis zur Schwelle des Höhepunkts ist man bereit, sein ganzes Hab und Gut aufs Spiel zu setzen, sobald er aber erreicht ist, verwandelt man sich in einen kraftlosen, von elementarer Besitzangst gepackten Wicht. Auf dem Gipfel hört man auf, ein zügelloser Geldverschwender zu sein; man wird zum grausamen Geizhals. In dem Augenblick, da man vom siebten Himmel in den kleinen Tod fällt, fühlt man sich besudelt und schuldig, und gleichzeitig will man sein Geld zurück. Die Liebesverkäuferinnen, die vom Markt der Manneskraft leben, stehen für den Bargeldfluss im Schatten des eregierten Gliedes allzeit bereit, und sie versuchen, den Inhalt einer Geldbörse schleunigst abzupumpen, bevor man seine Ladung verschossen hat.

Mir war meine verschwenderische Geilheit ebenso bewusst wie meine Liquiditätsprobleme, weshalb ich nicht umhin konnte, eine ganz eigene Methode zu entwickeln. Sparsam zu kommen wurde meine Spezialität. In den Peepshows versuchte ich mit aller Macht, meinen Körperrhythmus zu beschleunigen und so den Geldschwund in meiner Hosentasche zu bremsen. Manchmal begab ich mich schon mit einer halben Erektion in eine Peepshow, aus purer Sparsamkeit oder vielleicht auch aus Geiz. Ich lernte, meine Geilheit streng zu dosieren. Im Lauf der Jahre wurde ich ein überragender Experte auf dem Gebiet der Peepshows. Im Dossier meines Lebens sind Tausende Stunden verzeichnet, die ich in diesen Räumen verbrachte.

Am Ende erwies sich meine Ökonomie als vollkommen richtig. Ein bekannter Verlag – der sich auf Reiseführer für etwas dümmliche Touristen spezialisiert hat, die sich bereits kurz hinter ihrer Haustür verlaufen – wandte sich an mich. Ich wurde gebeten, meinen Sachverstand zu nutzen und einen Reiseführer für Peepshow-Junkies zu schreiben. Die ersten bedeutenden Einnahmen aus meiner Schreibtätigkeit verdanke ich also meinem Bestseller *Gunthers Peepshow-Führer*, einem Buch, das in fünfundzwanzig Sprachen, darunter Assyrisch und Amharisch, übersetzt wurde. Noch heute blättere ich gern darin, um in der Erinnerung an die frohen Tage meiner Jugend zu schwelgen.

Die Einsichten, die ich in den Tagen meiner erstickenden Einsamkeit in den Peepshows gewann, gehören zu den komplexesten meines Lebens, denn mein durchaus ebenfalls komplexes Verhältnis zu Lola ließ mir kaum mehr als eben die verschiedenen Spielarten des Voyeurismus. Voyeurismus bedeutet in erster Linie die Unterwerfung unter ein Ritual der Neugier. So viele Frauen es auf der Welt gibt, so mannigfach unterscheiden sie sich im Detail. Jacqueline hat einen Hängearsch und Brigitte spitze Brüste. Claire hat kluge Augen und Josephine behaarte Beine. Nur dort, in den Theatern der Unzucht, wenn du dein Schicksal angesichts der unerreichbaren Stripperinnen in die eigene Hand nimmst, erfährst du, wie groß die Unterschiede wirklich sind. In jenen Jahren begriff ich, dass sich unser ganzes Leben in eine einzige große Onanie verwandelt hat. Wir konsumieren Simulationen, statt uns mit dem wirklichen Leben zu befassen; von Spielern auf dem Feld sind wir zum Publikum auf den Zuschauerrängen geworden. Wir kaufen Pornohefte, Pornofilme und Gummipuppen, da uns längst nichts mehr erregt. Wir feiern die Sexualität in unserer fortgeschrittenen Kultur mehr denn je, doch der Sex selbst ist uns schon vor langer Zeit entglitten.

In jenen Lustbuden, in denen ich die nackte Realität vor meinen Augen tanzen ließ, kam ich der verborgenen Persönlichkeit auf die Spur, die sich aus Gunther dem Obskuren und Gunther dem Onanisten zusammensetzt. Im alltäglichen Leben fiel es mir leicht, die beiden auseinander zu halten: Gunther der Onanist war der Aktive, der hellwache Macher, Gunther der Obskure hingegen, der Unbestimmbare, der Unbewusste, versteckte sich hinter der Rückwand des Projektionsraums und warf nur hier und da schemenhafte Schatten auf die Leinwand meines Bewusstseins. Doch nie gelang es mir, jenes metaphysischen Gunthers habhaft zu werden, der an der Basis der Verbindung zwischen den beiden steht. Des Gunthers, der das Geheimnis des Zusammenhangs von Obskurität und Onanismus versteht, des Gunthers, der sein eigenes Dasein hervorruft, während er selbst stets im Verborgenen bleibt und sich niemals zeigt.

Wenn sich der Onanist und der Obskure im Kontext der post-koitalen Ermüdung zusammenschließen, versperren sie einem auf immer und ewig den Zugang zur verborgenen Persönlichkeit. Durch ihre gemeinsam wirkende Destruktivität offenbaren sie das eigentliche »Ich« in dem Maße, dass ich selbst den Grund dieses Ichs aufspüren und zu diesem unerreichbaren, geheimen Gunther vordringen will, dem Gunther, der, während er im Verborgenen waltet, an allen existenziellen Strategien mitzuwirken vermag; so vollendet und allumfassend, dass er nicht fassbar ist. Und so, in jenen verschwitzten Tagen der Erlösung, als ich eingezwängt auf einem Sessel in der Peep-Kabine hockte, vor all den schönen Mädchen, die ihre Nacktheit hinter dem Fenster demonstrierten, wurde mir klar, dass die Handarbeit nichts weiter ist als der ganz persönliche Mechanismus des Vergessens, dazu da, das verschwommene und obskure Ich zugunsten seiner perversen Manifestationen im Bewusstsein zu unterdrücken. Während ich mich im Prozess der Selbstschwächung meinen Fantasien hingab, entfiel meinem Gedächtnis das, was mich ganz umgibt. Mein Selbst.

In dem Moment, da mir klar wurde, dass ich mir meinen ganz persönlichen Vergessenstraum zusammenonanierte, begann ich, die Onanie an sich als einen allgemeinen Mechanismus des Vergessens zu erkennen. Eine Kultur endloser orgasmischer Erleichterung schien mir das ideale Instrument kollektiven Vergessens zu sein. Die beiden Säulen dieser Kultur – das obskure, verborgene Verlangen auf der einen und der sichtbare Konsum-Onanist auf der anderen Seite – lösen sich im Augenblick flüchtiger Befriedigung gegenseitig auf. Sie lindern so den unerträglichen Existenzschmerz und lassen uns die Katastrophe vergessen, auf die wir unausweichlich zusteuern. Im Schatten der Onanie versiegelt die Kultur ihre nicht fassbaren Erfahrungen in einem Stahlschrank, aus Angst, ihnen auf den Grund zu kommen.

Wenn Lola mich verließ, pendelte ich zwischen den westlichen Metropolen hin und her und suchte alle möglichen Puffs, Stripteaselokale, Peepshows und dunklen Hinterhof-Ritzen auf. Ich gab mein Geld für namenlose deutsche Frauen aus; ich vergaß, um mich zu erinnern. Ich erlebte gesichtslose Frauen, ohne Raum und Zeit, ich rieb mich bis zur Schmerzgrenze auf, liebte alle aus der Tiefe meines reinen Herzens – und doch wieder nicht, da meine Seele zwiegespalten war.

11

Während ich, im Versuch, den Schmerz der Einsamkeit zu lindern, mich auf meinen Reisen der Unzucht und Leidenschaft hingab, offenbarten sich mir die Vorzüge der europäischen Kultur. Ich erkannte, dass dieselbe Pracht, die sich in Europas Küchen, in seinem Denken, den dunklen Ecken und seinen Betten entfaltete, in meiner eigenen Heimat im Verschwinden begriffen war. Ich wusste, dass Lola und ich ins Exil gehen mussten, je früher, desto besser. Als das hungrige palästinensische Volk seinen ersten Unabhängigkeitskampf gegen den zunehmenden Nihilismus meines eigenen Volkes führte, erkannte ich, dass sich mein geliebter Staat im Zickzackkurs seiner sicheren Auslöschung näherte. Da ich mich selbst nicht als Teil irgendeiner nationalen Allgemeinheit sah, sondern einfach nur noch bei Lola sein wollte, versuchte ich mit aller Macht, sie davon zu überzeugen, dass wir unsere Sachen packen und uns auf den Weg in die pulsierende Welt machen mussten.

Lola ihrerseits fühlte sich wohl im Land. Inzwischen genoss sie einen gewissen Bekanntheitsgrad unter der »schwulen Künstlermafia« und erhielt so manches Mal sehr ermutigende Kritiken. Zuweilen wurde sie als »Rothko der Küstenebene« und »Jackson Pollok aus Givataim« tituliert, und immer geriet aufgrund irgendeiner abstrusen Logik das Schlüsselwort »post« in die schwammigen Hymnen hinein. Die gesamte »Post«-Bewegung, die schon kurz nach ihrer Entstehung zum intellektuellen Signum für geistige Ödnis wurde, galt in meinem Land als Maßstab für Westlichkeit und Fortschritt. Der beschnittene

Postismus war die Speerspitze einer Art Neo-Erleuchtung. Anorektische Intellektuelle begannen, das Wörtchen »post« so gut wie jedem beliebigen Wort voranzustellen; leere Begriffe sprengten den Horizont unserer terminologischen Welt. So wurde die post-historische Weltauffassung geboren, die post-zionistische, die post-theatralische, die post-sexuelle, selbst post-moderne Diktatoren tauchten plötzlich auf, während sich die Designstudenten einer berühmten Kunstakademie in der Hauptstadt mit der Entwicklung einer Post-Tür, eines Post-Kinderwagens, einer Post-Kaffeetasse und ähnlichen Dingen beschäftigten.

Die Fülle all der »Post«-Definitionen, die die Kritiker-Kolumnen über Lolas Arbeiten ausschütteten, war in meinen Augen reichlich grotesk. Mir war sonnenklar, dass das bombastische Wortgeklingel nichts als Augenwischerei und leichtfertiges Geplapper darstellte. Die Tatsache, dass ein lokaler Besserwisser Lola als »post-ästhetische Künstlerin« titulierte, war für mich nichts weiter als der klare Beweis für seine intellektuelle Blindheit, denn eine wie auch immer geartete Ästhetik kann per se nicht »post« sein.

Während ich also die Welt bereiste, kam mir immer mehr zu Bewusstsein, dass der Westen naturgemäß westlich ist und der Osten östlich. Aus diesem Grund verstand ich auch nicht, weshalb es so viele Tagträumer gab, die den verlockenden Traum von einem neuen Nahen Osten träumten. Der Traum, die Magie des Orients irgendeinem nebulösen westlichen Futurismus zu unterwerfen, war meines Erachtens eine Halluzination. Worin sollte der Sinn bestehen, den Westen im Osten einzupflanzen? Was für einen Grund könnte es geben, Amerika an einem Ort neu zu erfinden, an dem man unter »Niagara« eine Toilette mit Wasserspülung versteht? Der obsessive Traum, den Westen in einer Wüste am Ende der Welt und am Rande eines orientalischen Themenparks wieder beleben zu wollen, war in meinen Augen nicht nur makaber, sondern auch auf eine tragische Weise komisch. Warum den poetischen Traum eines neuen Nahen

Ostens nähren, Geld und Mühen investieren, wenn man sich zum Preis eines Flugtickets direkt ins Zentrum dieses Traums begeben kann? Während man unterwegs ist, ist der gute alte Westen bestens präpariert und wartet bereits auf einen.

Die meisten meiner Volksgenossen führten sich auf, als hätten sie sich einer missglückten Federntransplantation unterzogen. Federn des Fortschritts. Das Radio war überladen von pseudo-britischem Krächzen und Heulen, im örtlichen Kino spreizten sich die Ansprüche und das Theater schrie dem geliebten Land irgendetwas entgegen. Dutzende Pubs und Klubs, eigentlich nächtliche Hummus-Buden, schossen wie Pilze aus dem Boden. Meine Stadt brach unter den Ambitionen der eigenen verrottenden Kultur zusammen. Und in diesem Abgrund der Selbsttäuschungen fuhr Lola mit ihrer Arbeit fort, die unschuldige Lola, die weit über und jenseits von all dem stand und deren wahre Größe selbst jene, die sie ahnten, nicht zu erkennen vermochten.

Ich selbst, als ein von holocaustischen Ängsten erfüllter Mensch, wusste, dass über kurz oder lang die Katastrophe über uns hereinbrechen würde. Ich versuchte mit aller Macht, Lola dazu zu überreden, mit mir zu gehen und unseren lächerlichen Standort gegen einen anderen einzutauschen, gegen einen, der Zukunft hatte. »Der Sand in der Uhr verrinnt«, sagte ich zu ihr. Ich kann mich nicht genau erinnern, wann genau ich festzustellen begann, dass mein Land unaufhaltsam dem Untergang entgegentrieb. Wie fast alle meine Freunde aus jenen Tagen war auch ich ein heilloser Opportunist, geprägt von jenen schafartigen Charakterzügen, die dem menschlichen Verhalten im Allgemeinen zu Eigen sind. Noch heute erinnere ich mich vage an einige Zeilen aus einer linken Hymne, die damals oft und gern geblökt wurde: »Alles wird gut, es wird gut / manchmal ist's schwer / doch heute Nacht, heute Nacht / bleibe ich bei dir.«

Die Idee dahinter war natürlich, dass man auch am größten Unglück noch etwas Positives finden kann. Und mag die Welt um uns herum auch in die Brüche gehen, wir freuen uns, in der Nacht und in der Liebe eine betörende Belohnung zu sehen.

Aber egal, wie viel Schaf in mir gewesen sein mochte, es gelang mir nicht, das Gefühl der Panik aus meinem Kopf zu vertreiben. Der drohende Untergang raubte mir den Schlaf. Auf Furcht und Schlaflosigkeit folgte Ernüchterung. Ich musste handeln.

Schon gegen Ende der achtziger Jahre kam ich zu dem Schluss, dass mein Staat in den letzten Zuckungen lag, in einem Todeskampf, bei dem der Verstand bereits Jahre, bevor der Körper endgültig verendet, stirbt; der Körper wird einem willkürlichen Zucken überlassen, demonstriert öffentlich die Schmach eines Lebens ohne Hirn. Ich registrierte deutlich, wie die Menschen um mich herum immer weiter verblödeten, blinder, leichtgläubiger, frömmer wurden und nach und nach jeden Kontakt zur Wirklichkeit verloren, eng umschlungen in ihrer kollektiven Kultur, deren ganzes Ziel es war, sicher auf dem Meer des Vergessens und der Ruhe zu segeln. »Heute Nacht, heute Nacht, bleibe ich bei dir«, wiederholten und wiederholten sie, um nichts zu sehen, sich an nichts zu erinnern und auf keinen Fall vorauszublicken.

»Komm, lass uns zusammen fliehen«, trieb ich sie an. »Lass uns Arm in Arm durch die Straßen Marseilles flanieren. Lass uns in Zügen von Stadt zu Stadt reisen, in Speisewagen sitzen und uns besaufen, während draußen die Welt vorbeizieht.«

Doch Lola begnügte sich mit ihrem bescheidenen Ruhm im Staat der Zwerge. Vielleicht hatte sie auch bloß Angst einzugestehen, dass sie mit nichts jemals zufrieden sein würde. Ich verstand jedenfalls beim besten Willen nicht, wie eine derart begabte junge Frau sich damit begnügen konnte, ihr Leben inmitten einer intellektuellen Wüste und unter einer Dattelpalme zu verbringen – zumal einer Dattelpalme, deren Wurzeln schon seit Jahren vertrocknet waren, deren Früchte bald ausbleiben würden und die ihren Schützlingen keinen Schatten mehr spenden könnte, da die Palmwedel unausweichlich vor sich hin welkten.

»Der Traum der Auswanderung ist ein feuchter Traum«, dröhnte ich in ihre versiegelten Ohren, um ein wenig Leben in ihre vertrockenete, gleichgültige Existenz zu bringen. Ich versuchte auf jede erdenkliche Weise, in Lola die Lust auf ein anderes Leben zu wecken, den Willen, über den Tellerand zu schauen. Ich wusste, dass ihr die Emigration, das Erleben der Freude und das Anderssein gut tun würden. Ich glaubte schon damals an eine neue Welt, eine Welt, die den Migranten gehört. Die Migration ist die Identität derer, die sich nicht identifizieren und bei denen der Mangel an Identität Besorgnis erregend zu werden droht – und Lola mangelte es über alle Maßen daran. Sie lebte in unserer Welt, als wäre sie gerade einem transgalaktischen Raumschiff entstiegen.

Migranten verfügen über die wunderbare Fähigkeit, die Dinge so zu sehen, wie sie sind, sie gleichsam mit Kinderaugen zu erfassen. Anders als jene, die fest an einem Ort verwurzelt sind, beurteilen die Wanderer zwischen den Kulturen die Dinge unvoreingenommen, da sie keinem örtlichen Denkmuster verhaftet sind. Sie gehören nicht zur Familie, bleiben Freunde unter ihren Nachbarn. Sie sind echte Kreaturen, etwas, das aus dem Nichts entsteht – und so war meine Lola. Durch ihre Bilder wurde sie in eine Art unidentifizierte Identität hineingeboren. Sie erschuf sich die Welt gemäß der ihr eigenen Unschuld, eine gemalte Welt, die der unseren entsprach und doch völlig anders war – verstörend, wunderschön und absolut unerreichbar.

Ich erklärte ihr wieder und wieder, dass ihre natürliche Fremdartigkeit, nach der Fremdheit einer großen Stadt verlangte, einer endlosen Stadt, einer Stadt ohne Verbindungen, einer Stadt, in der sie sich verlieren konnte. Doch trotz aller Überzeugungsarbeit stießen meine Worte stets auf taube Ohren. Je mehr ich jene wundersame Welt jenseits des Ozeans pries und versuchte, ein Gefühl der Neugier in ihr zu wecken, desto weniger begriff sie, wovon ich redete, bis sie schließlich jedes Interesse an meinen Argumenten verlor. Als feststand, dass Lola nicht mit mir fliehen würde, während sich die Zeichen der nahenden Vernichtung weiter häuften, blieb mir keine andere Wahl, als allein zu gehen. Ich tat es in der Hoffnung, dass Lola mir bald darauf folgen würde, war ich doch die Atempause ihres Lebens, ihr Mann für zwischendurch. Und so stand ich an der Schwelle meines vierten Lebensjahrzehnts, bereit, das Land zu verlassen und nicht mehr zurückzukehren. Die anderen hielten mich für einen feigen Deserteur, doch im Nachhinein betrachtet war es der vernünftigste Schritt meines Lebens.

Wie mein Großvater verfüge ich über einen angeborenen Überlebenswillen. Ich bin mit der Fähigkeit begabt, mich selbst von einer Streichholzschachtel bedroht zu fühlen. Großvater trug zu dieser Fähigkeit mehr als nur einiges bei. Schon in zartem Alter hämmerte er mir mit beißendem Spott in der Stimme seine Überlebenslektionen ein. »Meine Herrschaften, die Geschichte wiederholt sich, nichts ist verloren, nichts vergessen«, sang er mir heroische Lieder wie dieses aus dem *Palmach* vor, um mir beizubringen, hellhörig zu sein, mich rechtzeitig davonzumachen. Er hatte erkannt, wann er fliehen musste, und genauso wollte auch ich erst sterben, wenn ich alt und meine Zeit reif wäre.

Ich packte also meine Habseligkeiten und machte mich ohne Lola auf den Weg zum Flughafen, um mit der erstbesten Maschine ins Land der Deutschen zu fliegen. Warum ausgerechnet ins Land der Deutschen? Weil ihr Land die Antwort auf all meine Bedürfnisse war. Deutschland, das hieß: Philosophie vom Feinsten und erhabendste Musik; Deutschland war das Symbol des totalen Fleißes und die Inkarnation der Ordnung. Ich reiste nach Deutschland, weil ich heimkehren wollte. Ich wollte nach Deutschland der Frauen wegen, Helga, Margarete, Friederike, Ingrid und Else, nach Deutschland, weil es all das darstellte, was mein Land immer hatte sein wollen und nie gewesen war.

Deutschland wirkte wie eine Droge auf mich. Ich stand im Banne des Volkes, das sich seit jeher als auserwählt betrachtet.

Schon als Student in den Denklatrinen meiner Heimat hatte ich das deutsche Denken bewundert. Obwohl meine Lehrer nicht viele Worte über die Weisheit Deutschlands und die Weisheit der Deutschen verloren, hatte ich das Glück, dass mir einige Schlüsselwerke in die Hände gerieten. Mir fiel auf, dass das deutsche Denken, auch das nationalistisch gefärbte, uns so manches lehren kann: über Sklaven und Herren, über das Vergessen, über das Sein und über das Vergessen des Seins.

In jenen Tagen meiner Unschuld dachte ich, dass meine Lehrer uns vor dem Untergang hätten bewahren können, wenn sie zum Beispiel der Frage nach der Beziehung zwischen dem »Volk der Sklaven« und dem »Volk der Herren« in dem Land, in dem sie lebten, ein wenig Aufmerksamkeit gewidmet hätten. Wenn sie nur auf ihre eigene, uralte Sprache gehört hätten, vielleicht hätten sie sich an ein Sein erinnert, das sie systematisch und erfolgreich vergessen hatten. Sogar meine geliebte Lola sah ich, den stürmischen deutschen Wind im Gesicht, in einem anderen Licht. Deutsches Denken versteht sich gut darin, auf dem tosenden Meer ästhetischer Einsichten zu segeln. Und so, in dem Ansinnen, mich für das Blut meiner Brüder zu rächen, begann ich, meinen Zorn unter den Nichtjuden Deutschlands zu verströmen.

12

Schon bald stellte ich fest, dass mir die Türen in Deutschland weit offen standen, vielleicht, weil ich als Überlebender der Öfen spontane Schuldgefühle hervorrief. Doch eigentlich habe ich nie so recht verstanden, weshalb mir eine so große Symphatie entgegenschlug. War es bloß eine scheinheilige Reaktion auf meine Herkunft, oder sah man vielleicht einen komischen Heiligen in mir? Rein wirtschaftlich gesehen lief alles bestens; tatsächlich war ich zwischenzeitlich ziemlich wohlhabend. Mein erstes Buch warf genug ab, um meine laufenden Kosten zu decken; gleichzeitig nahm ich einige Einladungen an, als Gastdozent in verschiedenen gesellschaftlichen und akademischen Kreisen aufzutreten. Zu diesen Veranstaltungen strömten die Neugierigen nur so herbei, um etwas über das Thema meines Buches, *Die Psychologie des Voyeurismus*, zu erfahren. Zunächst galten meine Vorträge lediglich als intellektuelles Kuriosum, entwickelten sich aber im Nu zum Publikumsrenner. Ich wurde ein gefragter und in der Folge ein ordentlicher Dozent an einigen höchst renommierten Universitäten.

Ich bereiste den gesamten Kontinent, um Vorträge über die Theorie des Voyeurismus und des Erotizismus der Trennscheibe zu halten. Nach und nach verwandelte sich meine Lehre in eine Wissenschaft, mehr noch, eine philosophische Weltsicht. Schließlich war es Studenten sogar möglich, akademische Grade in der Voyeurologie (Peepologie) und ihrer konkreten Anwendbarkeit zu erlangen. Heute sind Seminare wie *Einführung in die Peepologie* oder *Graduiertenvorlesung in angewandter Peepologie* integraler

Bestandteil des akademischen Curriculums. Doch in der nicht allzu fernen Vergangenheit, noch im letzten Jahrzehnt des letzten Jahrhunderts, stellte die von mir begründete peepologische Weltsicht eine echte Innovation in der von gähnender Langeweile geprägten akademischen Landschaft dar.

Die Fülle der Einsichten, zu denen ich auf dem Gebiet der Peepologie gelangt bin, hat sich wohl vornehmlich der Tatsache zu verdanken, dass ich als Fremder zwischen den Lustfenstern Europas wandelte, zwischen den überall blinkenden roten Neonleuchten, in deren Licht ich wie ein Gottloser auf einem Meer der Heiligkeit trieb. Verschämt streifte ich zwischen den endlosen Reihen reifer Frauen umher, die in dunklen Hauseingängen sinnlich an Zigarettenspitzen saugten und ihre Riesentitten über das Trottoir reckten. Stundenlang trieb ich mich dort herum, starrte mit durchdringendem, ja schmerzlichem Blick in die Schluchten ihrer Kronjuwelen, in die Spalten zwischen ihren Brüsten, während sie mich mich Kollagenküssen und gehauchten leeren Worten belohnten, als würden wir uns schon seit Ewigkeiten kennen.

Und tatsächlich, aus ihrer Sicht kannten sie mich seit langem, da sie, die Straßennutten, ganz und gar wahrhaftig waren, als Frauen generell und in ihrem Reichtum an Erfahrung, während ich ein isolierter Mann blieb, ein verlegen um sie herumstreichender Bursche, nichts weiter als eine einsame Fliege. Ihre üppige, überwältigende Weiblichkeit machte mich sprachlos. Ich riss mich mit aller Macht zusammen und tat jedes Mal so, als sei ich auf dem Weg zu einem Geschäftstermin, nur um nicht vor lauter Lust in Tränen auszubrechen. Ja, ich war ein Fremder, doch vielleicht, so dachte ich damals, fühlten sich alle als Fremde in diesen Straßen. Möglich, so denke ich heute, dass es auch Menschen gibt, die sich dort zu Hause fühlen, im Reich der industrialisierten Sexualität. Sicher werde ich es wohl niemals wissen.

Da ich meine Kindheit, meine Jugend und mein frühes Erwachsenenleben, wie geschildert, als Konservativer in einer konservierten Gesellschaft verbracht hatte, bedeuteten meine späteren Reisen durch den Konsum der Sinne eine schwere geistige Erschütterung, die mich zu tieferem Denken und Forschen anleitete. Wie ebenfalls bereits angemerkt, nimmt der Migrant die Welt unvoreingenommen wahr; er sieht die Dinge, wie sie sind. Fremd in den Bezirken der Lust, reduzierte sich meine gedankliche Tätigkeit darauf, zu zweifeln und zu deduzieren. Zweifel und Deduktion stellen die Basis der peepologischen Forschung dar. Der Mensch steht im Eingang eines Ladens zum Verkauf von Lust. Er betritt das Etablissement, wählt sich eine Kabine, wirft eine Münze ein, und von diesem Zeitpunkt an zieht er, in seiner Einsamkeit und in der ihm zugeteilten Zeit, seine diversen, divergierenden Schlussfolgerungen, und all dies angesichts der unverhüllten Wahrheit, die sich nach und nach vor ihm entblößt.

Das Wesen der Peepologie sind also der Zweifel und die Deduktion. Der peepologischen Forschung liegt damit zugrunde, dass wir unsere Existenz als unbeteiligte Zuschauer in einer anderen Welt begreifen. Die Arena der peepologischen Forschung bilden dabei die Sehschlitze; die Theorie der Peepologie stellt ein besonders brauchbares kritisches Werkzeug dar, da sich ihre Schlussfolgerungen auf die ganze Gesellschaft mitsamt ihrer vielfältigen Komponenten beziehen. Die zentrale Fragestellung der peepologischen Forschung beschäftigt sich mit der onanistischen Konstruktion der liberaldemokratischen Gesellschaft, einer Gesellschaft, die sich in höchst trügerischen Fantasien von Freiheit, Integration, ideologischem Metabolismus und anderem ergeht. Die peepologische Forschung versucht, mittels Modellen des pornografischen Konsums die Wurzel des Selbstbetruges auszumachen. Der peepologischen Arbeitshypothese entsprechend lehrt uns das Aktionsgeflecht des Mannes, der angesichts einer Frau in einem virtuellen Raum onaniert, etwas über unsere angeborene Fähigkeit zur Selbstignoranz. Der Mann, der sich im Geheimen entlädt, führt uns die menschliche Neigung vor Augen, sich eine angenehme Wirklichkeit auszumalen, um parallel dazu Umstände und Außenwelt komplett zu negieren, egal, wie bedrückend diese Umstände auch sein mögen.

Mein begabtester Schüler, Wolfgang von Hausmann, der sich im Laufe der Jahre selbst einen viel geachteten Namen gemacht hat, führte einige bedeutende verhaltensvoyeuristische Experimente durch. In diesen Langzeitexperimenten wurden ganze Gruppen menschlicher Meerschweinchen in ein Labor geschickt, das wie ein sexuelles Labyrinth gestaltet war. Die Fülle an Schlüssen, die er aus seinen vergleichsweise grausamen und zuweilen tödlichen Experimenten zog, setzte er auf deduktive Weise in einen Zusammenhang mit der Fülle an Ereignissen, die zum Aufstieg des nationalsozialistischen Regimes im Deutschland der dreißiger Jahre geführt hatten. Meines Erachtens ist Wolfgang der interessanteste Vertreter des verhaltenshistorischen Zweigs der Peepologie. Ich bin daher hocherfreut, dass er weiterhin regelmäßig Kontakt zu mir hält und mich über den aktuellen peepologischen Diskurs auf dem Laufenden hält.

Wie dem auch sei, meine peepologischen Studien befassten sich mit jenen Etablissements, die einige Jahre nach dem Ende des Zweiten Weltkriegs im Westen wie Pilze aus dem Boden schossen; jenen Etablissements, die sich auf den Verkauf künstlicher Sexualität spezialisierten und sich mit der Vermarktung von Fantasien beschäftigten, als wollten sie damit den Graben des Illusionsverlustes überbrücken, der durch den Krieg entstanden war. Jene Säle der Sexualität, die eine Welt für sich darstellten, verwandelten den Frauenkörper in ein jederzeit verfügbares kommerzielles Produkt, zu dem gleichzeitig jeglicher Zugang versperrt war. Die Frau an sich wurde zur simulierten Wirklichkeit; die Lustindustrie blühte, bis schließlich eine bizarre, fast absurde Situation entstand: Frauen und Männer begannen, fast ausschließlich virtuelle Sexualität zu konsumieren.

Die Sexualität, die stets ein unmittelbares Erlebnis war, verwandelte sich in jenen Sälen in ein vages, mittelbares Geschehen. Männer spielten mit Puppen, und Frauen lernten endlich, ohne männliche Hilfe Batterien zu wechseln. Und alle zusammen, Frauen und Männer, fingen an, ihre Freizeit im Dämmerlicht zugezogener Gardinen zu verbringen. Im Vergleich zum guten alten Bordellbesucher kann der heutige Sexkonsument ganz neue Gipfel erklimmen: Er erschafft sich in seiner Fantasie. Und wenn man erst Sklave einer imaginierten Wirklichkeit ist, wird es unmöglich, Interesse an der Wirklichkeit an sich zu finden.

Margarete, meine erste feste Freundin in Deutschland, gehörte zur Spezies der aufblasbaren Frauen. Aufblasbare Geliebte haben Vorteile, die man nicht von der Hand weisen kann. Da ich in jenen Jahren pausenlos von einer Hauptstadt zur anderen reiste, war es besonders bequem, meine Geliebte zusammengefaltet im Koffer mit mir herumtragen zu können. Darüber hinaus war meine Puppe Margarete besonders anpassungsfähig. Nie brauchte ich hinter ihr her zu keuchen, beladen mit den Tüten endloser Shoppingtouren. Was aber nicht heißt, dass ich sie nicht mit Geschenken überhäufte. Ich kaufte ihr die besten französischen Parfüms jener Tage und träufelte sie auf ihren zarten Plastikhals. Ich beschenkte sie mit goldenen Ohrringen, besetzt mit den kostbarsten Steinen, da der Hersteller sogar an die Ohrlöcher gedacht hatte. Ich liebte es besonders, sie hinter ihren Ohren und auf die stets rosigen Wangen zu küssen. Nach meinen Vorträgen wartete sie immer schon auf mich, die blauen Augen im genau richtigen Maß aufgerissen, so als hätte sie einen ununterbrochenen Orgasmus. Zusammen genossen wir meine Einsamkeit. Ich wirbelte sie durch die Luft, biss zärtlich in ihre Schulter, nahm sie von hinten und von vorn. Man konnte ihre Vorzüge nicht hoch genug preisen. Nie verlangte sie, mich zu den Abendessen mit Akademikerkollegen begleiten zu dürfen, und hatte so auch nie die Gelegenheit, Unsinn zu reden und mich in der Öffentlichkeit zu blamieren. Frauen haben die auffällige Neigung, bei gesellschaftlichen Ereignissen Unsinn zu reden, eine Tatsache, die ich schon immer sehr bedauert habe. Nie beklagte sie sich darüber, dass ich beschnitten war, dass mir im Gegensatz zu anderen Männern ein Stückchen fehlte. Zwar kümmerte sie sich nicht um den Haushalt, putzte nicht und kochte nicht, was sie allerdings jederzeit damit wettmachte, dass sie mir nie auf die Nerven ging. Keine Frau hat sich je so perfekt in das Geflecht meiner Sehnsüchte und Lüste eingefügt.

Wäre nicht das geschehen, was schließlich geschah, ich glaube, Margarete und ich hätten zusammen alt werden können. Mit der Zeit hatte ich mich so an mein Koffermädchen gewöhnt, dass ich schließlich auch nicht länger auf Lola wartete, darauf, dass sie mir mein Leben zum x-ten Mal versaute. An Margaretes Seite kam ich zum ersten Mal in meinem Leben wirklich zur Ruhe. Die Welt feierte mich als hochoriginellen Denker, und mein Sexleben war so stabil und befriedigend wie nie zuvor.

Als der Sommer sich ankündigte, beschloss ich, entspannt und glücklich, ein paar Tage mit Margarete aufs Land zu fahren. Wir packten zwei, drei Bücher ein, die ich schon seit einiger Zeit lesen wollte, und planten, am tosenden Rhein auszuspannen, um dem städtischen Alltag zu entfliehen. Doch obwohl ich unseren Kurztrip in allen Einzelheiten geplant hatte, nahm das Schicksal unaufhaltsam seinen Lauf – und ließ unseren gemeinsamen Urlaub schließlich in eine unaussprechliche Tragödie münden.

Für mich war dieser kleine Ausflug nicht zuletzt ein bedeutender Schritt, um endlich Farbe zu bekennen. Keiner meiner Bekannten hatte auch nur die geringste Ahnung von Margarete. Meine Freunde wussten lediglich, dass ich fest verbandelt war, doch keiner von ihnen hätte wohl erwartet, dass mein süßes Püppchen eines von der aufblasbaren Art war. Da ich als Sachverständiger in Sachen Weiblichkeit galt, vermutete keiner, dass meine ideale Frau nicht aus Fleisch und Blut war. Bis dahin hatte ich es unterlassen, irgendjemanden in meine sexuellen Vorlieben einzuweihen, mit dem Ergebnis, dass sich Gerüchte bezüglich meiner sexuellen Neigungen beinahe täglich mehrten. Daher beschloss ich, dass Margaretes und mein Urlaub eine Art gemeinsame Befreiung sein sollte. Wir wollten uns der Öffentlichkeit stellen.

Zwei Tage, bevor es losgehen sollte, fuhr ich allein in das neue Einkaufszentrum am Stadtrand, um den neuesten Chic für meine Margarete zu erstehen. Ich wollte, dass sie sich an meiner Seite wie eine Königin fühlte. Und als wir dann schließlich losfuhren, sah Margarete wie ein Supermodel auf der Titelseite eines exklusiven Modemagazins aus. Auf ihren Kopf hatte sie einen breitkrempigen Strohhut, der mit einem rosafarbenen Band um ihr spitzes Kinn festgebunden war, und ihre Augen ruhten hinter einer Sonnenbrille aus dem Hause Gucci, die ihre Stupsnase und ihre makellosen Gesichtszüge unterstrich. Auch bei den Dessous hatte ich nicht gespart. Sie trug einen BH mit gepolsterten Körbchen und ein Höschen ohne Schritt, beides aus schwarzer Spitze gefertigt, die aufs Wunderbarste mit den Strumpfhaltern harmonierte, die ich wiederum auf den Rat von Wolfgangs Freundin hin gekauft hatte. Ein schwarzer Sommerrock und hochhackige Pumps rundeten das Bild ab. Mit offenem Verdeck machten wir uns auf ins Grüne.

Da Margarete so wenig wog, dankte ich mir selbst für die schlaue Eingebung, sie am Chassis festzubinden, damit nicht ein plötzlicher Windstoß sie mir entführte. Wir fuhren über die Ringstraße und dann auf der Autobahn nach Osten, in den Rheingau. Während wir so dahinkutschierten, bemerkte ich, wie die anderen Fahrer zu uns rüberglotzten. Sie vollführten selbstmörderische Überholmanöver, um meine schöne Margarete von der Seite im Rückspiegel betrachten zu können. Am heftigsten trieben es die Lastwagenfahrer, die voller Sehnsucht von ihren erhöhten Sitzen hinabschauten und darauf warteten, beim Hochflattern ihres Rocks einen Blick auf ihre Schenkel zu erhaschen. Margarete ihrerseits zeigte keinerlei Interesse an ihren

Bewunderern. Still und geduldig sah sie den Orgien entgegen, die wir in unserem Zimmer auf dem Lande zelebrieren würden.

Je mehr Interesse die Fahrer um uns herum an meiner Partnerin zeigten, desto heißer wurde ich selbst, so scharf, dass ich meine Gier schließlich nicht mehr bezähmen konnte. Gravierende Verhärtungen am Unterleib plagten mich, während ich von der Autobahn abfuhr, von der Nebenstraße auf eine Seitenstraße wechselte und so lange weiter Seitenstraßen nahm, bis wir die Mutter aller Seitenstraßen erreicht hatten. Mit quietschenden Bremsen hielt ich an.

Auf einer Wiese, zwischen zwitschernden Vögeln, umgeben von den Gerüchen der Erde, warf ich Margarete ins Gras und fiel leidenschaftlich über sie her. Und während ich sie gierig besprang und ihren Hals mit Küssen bedeckte, drang ein vermaledeiter Dorn in ihren süßen Hintern ein. Gerade wollte ich mir selbst zu dieser gelungenen Verführung gratulieren, als mir ein lauter Knall den Wind aus den Segeln ihrer Leidenschaft nahm. Meine Geliebte hatte sich in ein schlaffes Stück Plastik verwandelt. Da stand ich mit meiner ganzen Manneskraft, die nur noch in eine leere Hülle ragte; entsetzt starrte ich auf ihren leblosen Körper, von dem die Unterwäsche herabhing. Doch schließlich riss ich mich zusammen, zog Margarete mit kundiger Hand aus und hielt Ausschau nach einer Werkstatt mit Pannenservice. Von nacktem Grauen gepackt, fuhr ich kilometerweit über das Land, bis mir eine Reparaturwerkstatt für landwirtschaftliche Maschinen ins Auge fiel. Der Mechaniker, der sich mir als Walter vorstellte, war ein kräftiger, freundlicher Mann mittleren Alters. Er war offenbar hocherfreut, mich zu sehen; er lief um den Wagen, trat an das rechte Rad und fragte mich, womit er mir behilflich sein könne. Einen Augenblick lang fürchtete ich, als einfacher Bursche vom Land würde er vielleicht kein Verständnis für die Not meiner Freundin zeigen; doch nun, da ich so weit gegangen war, konnte und wollte ich nicht mehr zurück, beseelt von dem Gedanken, Margarete neues Leben einzuhauchen. Die

Deutschen sind ohne Zweifel ein freundliches Volk, und Walter war ganz besonders freundlich. Er verriet mir, dass auch er eine aufblasbare Freundin habe und dass seine kränkelnde Frau die Verbindung zwischen ihnen sogar unterstütze, um seinen Triebstau ein wenig zu mildern. Obwohl er guten Willens war, konnte man ihn allerdings kaum als großen Genius bezeichnen, doch als mir dies klar wurde, war es zu spät. Um das Loch in Margaretes Körper zu orten, tauchte Walter sie in eine Tonne mit brackigem Wasser, auf dem Öl und Gummiabrieb trieben. Als sie damit in Berührung kam, wurde ihr Haar kraus wie Stahlwolle. Die blauen Pupillen lösten sich auf, und der ehemals so warme Ton ihrer Haut verblich im Nu. Sie sah aus wie radioaktiv verseucht.

Nachdem er das Loch in ihrem Hintern geflickt hatte und ihr mittels einer hochmodernen Pumpe neues Leben eingehaucht hatte, machte Walter sich sogar die Mühe, sie zu nehmen, nur um mir zu beweisen, dass sie nun jeder Schandtat standhalten würde. Dann gab er sie mit dem überheblichen Lächeln eines tüchtigen Handwerkers frei. Ich zahlte ihm, was er verlangte, und kehrte gramgebeugt zurück zu jenem lieblichen Fleckchen, an dem Margarete ihren letzten Seufzer getan hatte. Mit bloßen Händen grub ich ihr ein Grab. Ihr Kleid breitete ich als weiche Unterlage aus, bevor ich sie zitternd zusammenfaltete und mit Tränen in den Augen die Strumpfbänder, das Höschen und den Büstenhalter auf ihren geschlachteten Körper legte. Die goldenen Ohrringe nahm ich ihr ab und steckte sie in meine Hemdtasche. Ich wischte über meine Wangen, kämpfte gegen meinen Kummer an, nahm Abschied von ihr und deckte sie mit Erde zu. Als sie vollkommen bedeckt war, drückte ich die hohen Hacken ihrer Pumps in die weiche Erde und legte ihren Hut darüber. Ein letztes Mal sagte ich ihr Adieu, ehe ich in die Stadt zurückfuhr und mich in meiner kalten Wohnung einschloss.

13

Zurück in der Stadt, versuchte ich alles, um meine Privatsphäre zu wahren. Ich beschloss, niemandem gegenüber auch nur ein Wort über Margaretes Ableben zu verlieren, erst recht nicht, was die Ereignisse an jenem unheilvollen Tag auf dem Weg zum Rhein anging. Mir war klar, dass mir die Wahrheit wenig Ehre eintragen würde, und davon abgesehen wusste ich, dass niemand Tränen um meine Margarete vergießen würde. Während ich das Interesse meiner männlichen Freunde relativ leicht eindämmen konnte, indem ich behauptete, ich wolle nicht darüber sprechen, da der Schmerz zu übermächtig sei, erwies es sich als nachgerade unmöglich, die Neugier meiner weiblichen Bekannten zu bremsen. Geplagt von entsetzlicher Langeweile, müssen Frauen ihre Nasen unaufhörlich in die Angelegenheiten anderer stecken. Und je fetter die Frauen waren, desto größer war auch ihr Drang, sich mit Dingen zu beschäftigen, die sie nichts angingen. Diese Wahrheit war mir so sonnenklar, dass mich in Gegenwart vollschlanker Frauen sofort tiefes Misstrauen befiel, weshalb ich es vorzog, mich mit den schmalhüftigen und knochigen Vertreterinnen des weiblichen Geschlechts zu verlustieren.

Nie weihte ich jemanden in den elastischen Charakter Margaretes ein. Niemand hätte sich je träumen lassen, dass meine über alles geliebte Margarete vom Scheitel bis zur Sohle aus aufblasbarem Plastik bestand. Und so wurde sie zum viel bewunderten Ideal, in den Augen der mich umgebenden Frauen sogar zur *absoluten Frau*, einem ebenso einschüchternden wie unerreichbaren Wesen; für meine Schüler wurde sie zu einem Grundkonzept innerhalb der peepologischen Analyse. Einige auto-peepologische Studien, in denen ich, wenn auch in sehr allgemeinen Zügen, mein Beziehungsgeflecht mit ihr fokussierte, führten dazu, dass Margarete schließlich zu einer Art Mythos wurde.[3]

Meine Studenten und Leser begriffen Margarete als Archetyp femininer Ikonografie; mittlerweile sind mehrere Monografien über sie erschienen. Professor Theodor Silberstein, im Übrigen jüdischer Abstammung, sammelte alle Schriften und Artikel über Margarete und stellte so ein Kompendium zusammen, das zur Pflichtlektüre auf dem Gebiet der peepologischen Forschung wurde. Sein Buch *Margarete und die ikonische Symbolik. Eine Sammlung peepologischer Betrachtungen* ist ein Meilenstein in der Forschung über die virtuelle Sexualität und ihre soziopolitische Implikation.

In gewisser Hinsicht war Margarete meine private Heilige, eine Sexgöttin, die ich selbst erschaffen hatte, doch, obgleich sie meine eigene Schöpfung war, huldigte ich ihr, als verkörpere sie etwas, das jenseits meines Begriffsvermögens lag. Acht Monate lang übte ich mich in Enthaltung und mied strikt jede weibliche Gesellschaft. Ich erlegte mir eine Trauerzeit auf, um die wunderbaren gemeinsamen Augenblicke in meiner Erinnerung noch einmal zu durchleben. Voller Inbrunst gedachte ich der Hotelzimmer und der großen Betten, in denen ich mit ihr auf frisch gestärkten Laken gelegen hatte. Ich erinnerte mich, wie ich ein ums andere Mal mitten im Zimmer gestanden und meinen Blick über die Arena der Lust hatte schweifen lassen; wie ich die Gardinen zurechtzog, mich um die richtige Beleuchtung kümmerte und den Spiegel in den rechten Winkel rückte. Wenn der Raum dann regelrecht vor unterdrücktem Verlangen bebte, pflegte ich

[3] Anmerkung des Herausgebers: Ganz offensichtlich enthüllt Professor G. Wanker hier die wahre elastische Identität Margaretes zum erstenmal, ein Umstand, der neue Analysen und Bewertungen jener wissenschaftlichen Texte erfordert, die sich mit Margarete und den mit ihr verbundenen peepologischen Rückschlüssen beschäftigen.

den Koffer aufs Bett zu werfen, Margarete hervorzuholen und erst einmal tief einzuatmen, ehe ich ihr in den nächsten siebeneinhalb Minuten mehr und mehr Leben einhauchte. Schließlich deckte ich sie zu, küsste sie auf die Stirn, bevor ich meinen akademischen Verpflichtungen nachkam, im Wissen, dass sie mich bei meiner Rückkehr willig empfangen würde. Acht Monate lang trauerte ich, allein mit meinen Erinnerungen und mit meinem Selbstmitleid. Doch trotz der emotionalen Stille um mich herum tauchten wieder und wieder Frauen in meinem Leben auf – fette und magere, neurotische und verschämte.

Eva, eine meiner Schülerinnen, gehörte der mageren Sorte an; sie trug eine Brille mit extrem dicken Gläsern und hatte sich vorgenommen, meine Wiederauferstehung herbeizuführen. Aus Mitleid suchte sie meine Nähe, aber auch deshalb, weil sie mich für jemanden hielt, der ich nicht war. Ihr Selbstbewusstsein ließ sie keine Sekunde zweifeln, dass sie dafür geschaffen war, mir das Leben wieder schmackhaft zu machen, und weil sie einen herausragenden Wissenschaftler in mir sah, reifte der Entschluss in ihr, ihren Körper der Wissenschaft zu opfern. Ich war damals Mitte dreißig und spürte, wie die Glut meiner Lenden nachließ; daher kam mir der Schoß einer jungen Studentin wie gerufen.

An dieser Stelle sollte ich vielleicht hervorheben, dass Eva mit einzigartigen körperlichen Vorzügen ausgestattet war, die die meisten Menschen wohl nicht für möglich halten würden. Sie war die feuchteste Frau des Universums. Trotz ihres knochigen Körperbaus und ihrer Abneigung gegen fettes Essen und sonstige kulinarische Exzesse, produzierte sie Liebessäfte in absolut phänomenaler Weise. Auf dem Weg zu den Gipfeln der Sinne verwandelte sich ihr vaginales Vestibül in einen schäumenden Strudel süßester Sekrete: Die Fluten, die ihre Schenkel herabströmten, drohten uns zuweilen zu ertränken. Manchmal dachte ich, dass ich zur Sicherheit lieber die Küstenwache dabeigehabt hätte, doch behielt ich dies für mich. Wie ein Urlauber schwamm ich nackt zu ihr, kämpfte gegen die Strömung, während die Wellen über mir zusammenschlugen; sprachlos angesichts der Wunder der Natur tauchte ich tief in sie ein.

Verständlicherweise stellten diese Eigenschaften ihres Körpers eine Art Sicherheitsrisiko dar. Es war uns definitiv versagt, unseren Akt in geschlossenen Räumen zu vollziehen. Sobald sich Evas Libido meldete, pflegten wir aufs Land zu fliehen, wo ich ihr über die Felder hinterherrannte und sie mitten im Grünen überwältigte, um auf ihren Seen Segel zu setzen. In sie zu kommen war etwa so, als würde man einem Ozean ein paar Tropfen hinzufügen. Vollständig miteinander verschmolzen, schwammen wir im Strom ihrer Liebe; sie schlang ihre Beine um meinen Hintern, und so segelten wir sicheren Ufern entgegen. Eva war wie ein frischer Wind, der meine Jugend wieder zu mir zurückbrachte, wie eine sprudelnde Quelle, die der Wüste Leben einhaucht. Ich hatte keinerlei Vorbehalte gegen unsere Beziehung, weder auf pädagogischer noch auf sonst einer Ebene.

Wir gingen das Ganze gemächlich an, ließen uns Zeit, uns in aller Ruhe kennen zu lernen. Wir führten stundenlange Gespräche und begannen sogar, unser Gefasel zu mögen. Eva interessierte sich sehr für die Geschichte meines abwechslungsreichen Lebens, und ich spürte deutlich, wie sie mir endgültig verfiel. Obgleich ich bis dahin mit nicht wenigen Frauen zusammen gewesen war, hatten nur wenige von ihnen eine liebenswerte Figur in mir gesehen, ja, tatsächlich hatte mich wohl keine Frau vor Eva je wahrhaft geliebt. Doch Eva wollte mich sogar heiraten, und meines Wissens war sie auch die Einzige, in der je meine Saat aufging. Frauen verfügen über eine ausgeprägte Neigung zur Fortpflanzung. Das, was wir Männer erst in Alter begreifen, verstehen die Frauen schon zu Beginn ihres zweiten Lebensjahrzehnts, manchmal sogar noch früher.

Ich spürte, dass Eva Kinder von mir wollte. Ich merkte, dass Eva in mir den Mann ihres Lebens sah, was mir eigentlich gefiel, doch sah ich mich immer noch nicht von der einseitigen Verpflichtung gegenüber Lola befreit. Obwohl Lola ihrerseits sich keine Mühe machte, etwas über mein Wohl und Weh zu erfahren, musste ich ihre Einwilligung haben, bevor ich mich zum Treuhänder von Evas Gebärmutter befördern ließ.

Ich begann also, Lola in meiner angeschlagenen Heimat zu suchen, und bei dieser Gelegenheit erfuhr ich von den bedauernswerten Umständen, in denen meine ehemaligen Landsleute lebten. Je mehr Jubelnachrichten meine Freunde verkündeten, desto sicherer wusste ich, wie dicht das Schwert des Damokles bereits über ihnen schwebte. Als sie mir stolz von all den Friedensdemonstrationen und den ruhmreichen Verständigungsversuchen mit ihren arabischen Nachbarn berichteten, schloss ich als internationaler Peepologe sogleich, dass der Frieden zum Objekt kollektiver Onanie verkommen und deshalb in unerreichbare Ferne gerückt war. Der Frieden erfüllte die Rolle der nackten Frau hinter dem Sehschlitz. Jeder angehende Peepologe weiß heute, dass die größte Furcht des Spanners darin besteht, dass seine Fantasie Wirklichkeit werden könnte. Der Peepshow-Konsument will keine Frau aus Fleisch und Blut; er will eine Illusion, ein begehrenswertes Objekt hinter Glas und sonst nichts. Sein im Nichtsein, das ist die eindeutige Antwort des Voyeurs auf Shakespeare und seinen zaudernden Helden.

Zu jener Zeit, als ich nach Lola suchte, um meine Freiheit einzufordern, machte in meiner Heimat ein Märchen die Runde. Das Märchen erzählte von einem alten König, einem Heeresführer, der sein ganzes Leben lang Kriege geführt hatte und nun, am Tage seines Todes, plötzlich zum heimlichen Freund des Friedens erkoren wurde. An jenem Tag nämlich, als er zu seinem Schöpfer heimkehren sollte, tauchte unerwartet ein messianisch beseeltes Arschloch auf und durchsiebte ihn von hinten. Das Märchen erzählt weiter, dass das ganze Volk sich in Sack und Asche hüllte. Sie beweinten die Aussicht auf Frieden, die nun verloren war, und beklagten den Tod des Königs im Licht der Kerzen auf dem größten Platz der Stadt. Ich zerschmolz regelrecht, während ich der poetischen und herzergreifenden Schönheit des Märchens lauschte; es rührte mich tief bis ans Herz, wie all die Tränen nun auch noch das letzte bisschen Verstand meines Volkes fortspülten. Als Experte wusste ich, dass das bitterliche Greinen um einen König, der durch seinen Tod zur Legende geworden war, nichts weiter als ein Lippenbekenntnis darstellte. Die bei Kerzenlicht Trauernden waren nichts weiter als Onanisten, die sich mit zum Peace-Zeichen erhobenen Händen einen runterholten, und ihre Trauerorgien waren in Wahrheit eine ebenso voyeuristische wie onanistische Zurschaustellung hohler Lebensfreude und lächelnder Einvernehmlichkeit. Angesichts ihres poetischen Narrentums wusste ich, dass der Frieden unweigerlich verloren war.

In der Wirklichkeit entwickeln sich die Dinge immer anders als erwartet. Meine unermüdlichen Versuche, Lola zu finden, blieben erfolglos. Später fand ich heraus, dass sie damals, als ich sie suchte, in Indien war. Wie so viele Juden aus meiner ehemaligen Heimat erfuhr auch sie dort die spirituelle Erleuchtung.

Grundsätzlich respektiere ich Menschen, die nach spiritueller Erleuchtung suchen; gerade diejenigen, die sich dafür auf Wanderschaft begeben. Gleichwohl schien mir die Hinwendung nach Indien schon immer Teil eines ungelösten Problems zu sein. Der Judaismus, das religiöse Fundament meines Volkes, ist die universale Quelle der Inspiration aller Offenbarungsreligionen. Jeder gläubige Christ und fromme Moslem weiß das. Meine Landsleute hingegen, ohne dieser Tatsache auch nur einen Gedanken zu widmen, laufen sich auf dem Weg zu Buddhas Mönchen die Füße wund. Nicht, dass ich etwas gegen den Buddhismus hätte; ganz im Gegenteil. Letztlich aber geht es in allen großen Religionen und Glaubensbekenntnissen, ähnlich wie in der Philosophie und der Kunst, darum, das Wesen des Seins, seinen Ursprung und seinen Kern, zu erfassen. Und wenn das so ist, welche magische Anziehung schickt ausgerechnet die verlorenen Seelen auf diese Wanderschaft?

Erstens fand ich heraus, dass im Zion jener Epoche die Auslegung der heiligen Schriften von einer Mischpoche wiedergeborener Weisen aus dem Morgenlande erledigt wurde, deren Weisheit sich in der Konstruktion ihrer Namen erschöpfte. Sie schmückten sich mit zwei Vornamen: Rabbi Mosche David, Meister der Thora Isaak Joseph, der Geniale Amnon Jaakov. In der neuen Kultur der Weisen mit den zwei Vornamen lag eine Art Negierung der Allgemeinheit zugunsten der Manifestierung des Individuums. Im Gegensatz zu den abstrakten Nachnamen (Leibowitz, Busaglo, Joffe, Schochat, Markowitz, Abutbul, Kahalani und Ähnliche), die Anonymität vermitteln, wollte die neue Kultur die Herzen zusammenbringen und sie zu kompromissloser Nähe führen. Bedauernswerterweise gelang es den neuen Rabbinern jedoch nicht, sich einen Weg in die Herzen solch eigenwilliger Individuen wie Lola zu bahnen, die nach spezieller und persönlicher Offenbarung verlangten, und zwar hier und jetzt.

Deshalb begaben sich die Verlorenen auf die Suche nach einer fremden Spiritualität, was an sich durchaus lobenswert war. Nur leider haben gläubige Juden von Natur aus das Handicap, sich in geizigen und materiellen Erwägungen zu ergehen, wie mir ein sehr guter Freund erklärte, ein Landsmann von mir, der im Laufe der Jahre zu einem der bekanntesten Jazzdrummer seiner Generation avancierte. Jene Heilsuchenden, die zunächst in Europa ankamen, sahen sich einer Fülle an kreativer Geistlichkeit westlicher Prägung ausgesetzt und waren daher gezwungen, sich ihrer eigenen kulturellen und emotionalen Einseitigkeit zu stellen. Während sie in Zion stolz die Fahne der westlichen Kultur geschwungen hatten – und einige betonten dies sogar noch, indem sie am Tag der Sühne den Klängen Wagners lauschten –, angekommen im Westen war ihre beschnittene Scham deutlich sichtbar. Nach westlichen Maßstäben waren sie primitive, uninspirierte Außenseiter. Meine mit fremden Federn geschmückten Brüder hatten keine einzige Lehre von einem der Väter der europäischen Geisteshaltung in sich aufgenommen; einer Geisteshaltung, die geprägt ist vom Streben nach Freiheit, von der Emanzipation des Verstandes in Abgrenzung zur Selbstauslöschung im göttlichen Glücksrausch.

Nachdem sie an der westlichen Kultur gescheitert und von ihr zurückgewiesen worden waren, suchten die Verlorenen vorübergehend nach einer alternativen spirituellen Quelle. Sie mussten nicht lange warten, denn plötzlich tat sich für sie die Wunderwelt des Fernen Ostens mit all ihren hanfbenebelten Mysterien auf. Und dem nicht genug, im Vergleich zu jedem Inder waren sie plötzlich steinreiche Leute geworden, da das Entlassungsgeld der Armee locker für einen dreijährigen Luxusaufenthalt in den heiligen Tempeln reichte; dort wurden sie sogar irrtümlich für Abendländer gehalten.

Auch Lola, die Klügste unter den Sterblichen, wurde vom Fernen Osten angezogen. Über Jahre trieb sie sich in den heiligen Stätten herum, rauchte Dope, kleidete sich in Lumpen, schlief mit Yogis, plapperte Hindi und entging so meiner Fahndung nach ihr, bei der ich nie weiter kam als bis nach Indien.

So gab ich die Suche schließlich auf und entschied, dass es für Eva und mich das Beste sei, wenn ich mich ihrer Liebe hingäbe und ihren Körper mit Embryos füllte. Und genau das geschah. Eines schönen Sommerabends Ende August, als ich von der Akademie nach Hause kam, sah ich bereits an der Tür, dass Eva auf dem Balkon den Tisch für ein festliches Mal zu zweit hergerichtet hatte. Als wir mit unseren Weingläsern anstießen, verkündete mir Eva feierlich, dass wir uns bereits im fortgeschrittenen Stadium des Fortpflanzungsprozesses befanden. In ihrer Gebärmutter entstand eine neue Generation von Spannern und bildete schon Haut und Sehnen. Und an Evas knochigem Körper schwoll ein Ball, der tagtäglich größer und runder wurde.

14

Auf Empfehlung der Hebamme tat ich mein Bestes, jeglichen Funken Leidenschaft in Eva zu unterdrücken. Ihre Flüssigkeitsmaschine gefährdete den Embryo, und ich scheute keine Mühen, die sinnlichen Aspekte unserer Beziehung zu unterdrücken, so gut es eben ging. Es ist bekannt, dass schwangere Frauen in nicht unerheblichem Maß verwöhnt werden wollen und dass ihr klitorales Verlangen in seiner Unerfüllbarkeit umso begehrenswerter ist. Deshalb machte ich mich von nun an daran, die intellektuelle Seite unserer Beziehung zu bereichern. Ich umwarb ihren Verstand mit existenziellen Fragen und Logikspielen bis hin zu überflüssigen Kreuzworträtseln und geistlosen Computerspielen.

Jeden Abend machten wir einen anderthalbstündigen Spaziergang im grünen Schillergarten, dessen Westseite an die Straße grenzte, in der wir wohnten. Kilometerlang sprachen wir über das Baby und die Einrichtung des Kinderzimmers, doch gleichzeitig verbrachten wir Stunden über Stunden mit Diskussionen über die Zukunft der peepologischen Forschung, über den Niedergang der Psychologie und den Zerfall der demokratischen Ideale. Eva war ein typisches Kind der deutschen Nation. Sie hatte die europäische Kultur mit der Muttermilch aufgesogen, was ich von mir schwerlich behaupten konnte. So sehr ich mich auch der Auffüllung meiner kulturellen Lücken widmete, so viel ich auch las, in Sachen Bildung hinkte ich weit hinterher. Da nicht ein einziger meiner Lehrer in meinen Jugendjahren in Ramat Gan sich je die Mühe gemacht hatte, mir klassisches Wissen zu vermitteln, blieben mir sowohl die Sprachen als auch das Denken des Westens fremd. Obwohl ich alles tat, um mir das europäische Denken zu Eigen zu machen, kam ich nicht wirklich weiter. Eva, der es nicht reichte, meine Geliebte und die Mutter meines Kindes zu sein, trug Großes zu meiner kulturellen Erziehung bei. Nicht zuletzt wies sie mich darauf hin, dass selbst meine abseitigsten Geistesblitze bereits in den Ursprüngen des westlichen Denkens angelegt waren.

Das Ergebnis dessen war, dass ich, auch wenn ich mich immer noch am Anfang meiner peepologischen Karriere befand, entschied, dass es durchaus lehrreich und überaus amüsant sein könnte, die peepologische Analyse als eine Art *Anleitung für Zweifelnde* zu betrachten, denn aufgrund Evas erhellender Einsichten wurde mir klar, dass die Peepologie lediglich die Rekonstruktion von Denkweisen war, die den Menschen schon seit Jahrtausenden begleiten.

Ich begann also, in alten Schriften nach voyeuristischen Gedanken und Ideen zu suchen. So fiel mir schon recht bald auf, dass die peepologische Idee durchaus verwandt ist mit dem kategorischen Imperativ, der die Grundlage der *Kritik der reinen Vernunft* darstellt. Ebenso ging mir auf, dass die peepologische Erfahrung im Grunde nichts anderes ist als die Katharsis, die einen Ehrenplatz in der Lehre des alten Griechenlands einnimmt. Und während mich der Zauber jahrhundertealter Weisheit in seinen Bann zog, wuchs Eva zu wahrhaft beeindruckenden Ausmaßen an.

In jenen frohen Tagen, während mein Sprössling in Evas Gebärmutter gedieh, gewann ich verschiedene Einblicke in die Theorie menschlicher Existenz. In den Wochen vor der Geburt machte ich eine regelrechte Metamorphose durch. Überrascht stellte ich fest, dass ich mich nach dem erwarteten Säugling sehnte, und plötzlich erkannte ich, wie unendlich komplex das weibliche Wesen ist. Bis zu jener Zeit hatte ich Frauen mehr oder weniger als organische Unterlage zur Aufnahme klebriger

Flüssigkeiten angesehen, doch als werdender Vater eröffneten sich mir neue, dunkle Bereiche, die mir ein komplettes Rätsel blieben. Es war, als stiegen Ahnungen von Verwandtheit aus der Tiefe meiner Seele auf. Ich sah ein, dass in der Liebe und in der Elternschaft peepologisches Denken keinen Platz hat.

Was ein gravierender Irrtum war, wie sich allzu bald herausstellen sollte. Je näher der ersehnte Tag rückte, desto nervöser wurde Eva; sie begann sogar, stapelweise schwachsinnige Elternliteratur zu lesen, wie sie von oberschlauen Kinderärzten und pensionierten Hebammen geschrieben wird. Eva wollte, dass ich bei der Geburt dabei sei, und verlangte, dass ich an einem Vorbereitungskurs teilnehme. Da ich ihr die Erfüllung des Wunsches nach der Teilnahme an der Geburt verweigerte, hatte ich keine andere Wahl, als sie zu diesem Vorbereitungskurs zu begleiten – was sich als eine geradezu ultimative voyeuristische Erfahrung erwies.

Verschämt fand ich mich in einem gelb angestrichenen Kursraum wieder, angefüllt von ein paar hypertroph anmutenden, kurz vor der Niederkunft stehenden Frauen, die ihrer Instruktionen harrten. Obwohl der Kurs für Paare gedacht war, saßen dort nur zwei weitere männliche Geschöpfe, die ebenfalls beschlossen hatten, die Geburtsvorbereitung mit ihren Frauen zu teilen – eine voyeuristische Gemeinschaft, die kaum zu übertreffen war. Drei durch und durch liberale Männer, die sich in ihre Frauen hineindenken wollten.

Die Schwester sprach etwa anderthalb Stunden über die Beschaffenheit des weiblichen Beckens; beinahe wäre ich vor Langeweile gestorben, hätte ich es mir nicht zur ehernen Regel gemacht, bei tödlicher Langeweile aufs Klo zu gehen. Im Laufe von zwei Stunden ging ich wenigstens vier Mal zur Toilette. Ich ging hinaus, kam wieder herein, ging wieder weg und gesellte mich wieder dazu, ein Umstand, der erstaunte Mienen unter den voluminösen Damen hervorrief und Eva nicht wenig in Verlegenheit brachte, auch wenn ich mich mit Bravour aus der Affäre zog, indem ich kurzerhand meine ganze Solidarität unter Beweis stellte. Ich grinste gezwungen in die Runde, verdrehte die Augen und stellte eine Frage, die bemerkenswert gut ankam – klug und hochsensibel, wie die Schwester abschließend hervorhob.

Als Peepologe und Meister der Assimilation war es für mich nur natürlich, mich mit der Frau in ihren schönsten Momenten zu identifizieren. Und so lauschten wir zwei Stunden lang der großen Saga von Vagina und Beckenmuskeln, bis Gebärmutter, Zange, Finger, Wassergeburt, Nachgeburt und Lachgas erschöpfend abgehandelt waren und es nichts mehr zu sagen gab. Nach der Theorie gingen wir zu den praktischen Übungen über. Der Kurs praktizierte nun das Vollprogramm aus Zusammenziehen, Pressen und Entspannen. Als Belohnung für meine euphorische Teilnahme am theoretischen Unterricht wählte die Schwester Eva und mich als Vorführpaar aus; unsere Aufgabe war es nun, Pressen und Schreien zu demonstrieren. Ich wurde gebeten, mich neben Eva zu stellen, mit aller Kraft zu pressen und mir die Seele aus dem Leib zu brüllen. Leider besaß ich nicht die Weisheit, mich vor diesem Wahnsinn zu drücken. Und während ich also mit aller Macht presste, nach Luft schnappte und mir die Lunge aus dem Hals schrie, geschah das, was geschehen musste. Die Früchte meiner simulierten Solidarität reiften in meinen Eingeweiden, bis sie schließlich wie ein übel riechender Hurrikan mitten in den Raum donnerten.

Da ich vollkommen auf meinen solidarischen Akt konzentriert war, hatte ich nicht das Gefühl, mich entschuldigen zu müssen. Im Gegenteil, ich dachte, ich würde von der Schwester eine weitere Belobigung erhalten, nachdem ich mich meiner Aufgabe mit so viel lebensechter Inbrunst gewidmet hatte. Treuherzigerweise glaubte ich, dass mein Monumentalfurz der reinste Ausdruck der Solidarität war, immer vorausgesetzt, dass eine Geburt sich mit der Erleichterung des Gedärms vergleichen lässt. Zu meiner Betrübnis musste ich jedoch feststellen, dass meine totale und wahrhaftige Identifikation nicht den erwarteten freundlichen Anklang fand. Verlegen stand ich zwischen einem Dutzend fassförmiger Frauen, die sich wissend und einvernehmlich angrinsten – womit klar war, dass ich mich zum x-ten Mal zur Witzfigur gemacht hatte.

Tief beleidigt und bis ins Innerste meiner Seele von der abweisenden Reaktion getroffen, die meiner Ansicht nach ein deutlicher Ausdruck von Antisemitismus war, ließ ich Eva wissen, dass mein Interesse an weiteren Gebärmutter-Workshops ein für alle Mal erloschen war. Aber was geschehen war, war geschehen, und so bestand ich darauf, dass die Geburt in einem anderen Krankenhaus stattfinden sollte – am anderen Ende der Stadt, wo hoffentlich noch niemand von meiner Schmach erfahren hatte.

15

Dort, am anderen Ende der Stadt, kam schließlich mein Sohn Gustav zur Welt. Da er in Deutschland geboren wurde und eine deutsche Mutter hatte, wurde damit gewissermaßen ein Kreis geschlossen, der mit meinem Großvater begonnen hatte. Anders als mein Großvater, so beharrlich sich dieser auch bemüht haben mochte, deutsch zu sein, war Gustav nun gebürtiger Deutscher. Und auch wenn ich mich inzwischen durchaus assimiliert hatte, in Gustavs Adern floss echtes preußisches Blut.

Obwohl ich als junger Mann nie sonderlich interessiert an Fortpflanzung und Vermehrung gewesen war, hatte ich eines jedoch immer gewusst: Sollte ich je Nachkommen zeugen, dann in der Fremde. In meiner Heimat hätte ich das nie getan. Dort, wo ich meine Kindheit verlebte, werden Kinder in ein Dasein der Leere und Gewalt hineingeboren. So war mein Vater aufgewachsen, so wuchs ich heran, und in ebendiesem Klima wurden die Kinder meiner ehemaligen Freunde aufgezogen. Mein Sohn Gustav hingegen wuchs in der pastoralen Ruhe Europas auf, in einem fruchtbaren kulturellen Umfeld, auf einem Kontinent, wo die Menschen es sich zur Aufgabe gemacht haben, die Wunden des unvergesslichen Krieges zu heilen.

Je mehr ich mich mit den Europäern identifizierte, desto mehr fiel mir auf, wie sehr ihnen daran gelegen war, den Krieg wieder und wieder zu thematisieren: den Schrecken, die Zerstörung, den Verlust, die Vernichtung, das wunderbare Entkommen. Die Menschen sprachen über Flucht, Verstecken und Kameradschaft, und sie beweinten ihre zerstörten Städte. Eva, die dicke Brille auf der schmalen Nase, erzählte mir oft von den Erinnerungen ihrer Eltern, die Zerstörung und Auslöschung miterlebt hatten, und manchmal schien es, als wollte sie das Unglück ihrer Eltern neu beleben, um ihre Sehnsucht nach Frieden und Versöhnung zu beschwören; so als wollte sie das Andenken an den Alptraum des Kriegs um unseres Gustav willen aufrechterhalten, auf dass dieser zu einem friedensbewegten Grünen heranwachse. Ich hatte absolut nichts dagegen, dass mein Kleiner ein Grüner werden und sein jugendlicher Zorn sich dem Erhalt des Friedens widmen sollte.

Was jenen Krieg angeht, so wurde mir klar, dass man ihn wohl als vererbtes Trauma sehen muss. So wie es in meiner Heimat eine Fülle von Organisationen, Institutionen, privaten Körperschaften, professionellen Opfern und Künstlern gab, die, obwohl sie der zweiten und dritten Generation angehörten, von dem Grauen des Dritten Reichs lebten, so entdeckte ich auch in Europa, wie sich die Menschen zuweilen mit den Erinnerungen ihrer Eltern beschäftigten, als hätten sie sie selbst erlebt. Sie taten dies in der Absicht, moralische Prinzipien hervorzuheben und um etwas aus der Geschichte zu lernen; ich war mir sicher, dass die Erinnerung an das Grauen, weil nicht zu ertragen, sich in einen absoluten Wert verwandelt hat, der von Generation zu Generation weitergegeben wird. Vielleicht liegt ja darin das Geheimnis der kontinentalen Versöhnung.

Anfangs dachte ich, dass das ständige Widerkäuen jenes Krieges etwas Lächerliches an sich hat; meine Jugendfreunde und ich hatten schließlich fünf Kriege erlebt, noch ehe wir unser dreißigstes Lebenjahr erreichten. Doch je länger ich unter den Europäern lebte, desto besser verstand ich, dass ihre Kriege sich von den unseren grundlegend unterschieden. So viele Kriege meine Landsleute erlebt hatten, letztlich waren das nur Konfrontationen am Rande, Scharmützel, die, gemessen an der europäischen Vernichtungsskala, höchstens die Bedeutung von ein paar Kratzern hatten. Wenn man die Annalen der Weltgeschichte als Nussschalen betrachtet, die auf einem tosenden Strom aus Blut dahintreiben, so kann aus der Perspektive meiner Brüder im Nahen Osten wohl kaum von einer wie auch immer gearteten Geschichte die Rede sein. Und mochte sich mein Volk noch so oft in Trauerorgien ergehen, Kundgebungen und Fackelzüge zelebrieren, am Ende bleibt festzustellen, dass sie nie mehr als ein paar dünne Rinnsale an Blut verloren haben und dass ihre vergleichsweise wenigen Tränen anschließend wie Tropfen an einem Kalkfelsen im Sonnenlicht verdunsteten. In dem Teil der Welt, in dem ich aufgewachsen war, hatte keiner meiner Landsleute der Realität einer Zerstörung direkt in die Augen blicken müssen, nie waren sie schlafen gegangen, um am nächsten Morgen festzustellen, dass ihre Stadt in Trümmern lag. Unter ihnen, meinen Landsleuten, war der Aufschrei der gequälten Kreatur ein verlassenes Waisenkind, auf das an der Börse der Alpträume niemand setzen wollte. Sie, die neuen Generationen, hatten das Grauen nie selbst erfahren, und eben deshalb kam kein authentischer Schrei über ihre Lippen. Ihre Tränen waren simuliert, ihre Aufschreie nichts als Trauertheater. Bei ihren Kundgebungen lernten sie, Trauer als methodischen Orgasmus zu erfahren und ihren Kummer kollektiv zu entladen.

In jenen Jahren verwandelte sich die Erde in ein Dorf im Fokus der elektronischen Offenbarung. Den Augen der Kameras entging nichts. Schreckensnachrichten, Sport und Unterhaltung verbreiteten sich mit Lichtgeschwindigkeit rund um den Globus, manchmal sogar simultan. Abends, wenn Eva und ich umschlungen auf dem Sofa lagen und auf die Wettervorhersage warteten, sahen wir die mediengefilterten Berichte von den nationalen Schluchzfesten, groß inszenierte Trauerfestspiele, auf die meine Landsleute in Nahost inzwischen das Patent besaßen. Eva war es, die mich darauf aufmerksam machte, dass Trauer und Schmerz in meiner Heimat von Grund auf andere Phänome darstellten und daher auch eine andere Bedeutung hatten als in anderen Ländern.

Anfangs dachte ich, sie würde antisemitischen Schabernack mit mir treiben, stellte aber schließlich fest, dass sie Recht hatte. In Sachen Leid und Trauer gibt es einen klar erkennbaren Unterschied zwischen meinem Volk und anderen Nationen. Wenn beispielsweise ein amerikanischer GI beerdigt wird, dann ist das eine äußerst zurückhaltende Zeremonie. Die Verwandten versammeln sich ums Grab, neben dem ein paar Soldaten stehen. Papa bewahrt Haltung, die liebende Ehefrau und die Mutter des Verstorbenen wischen sich je eine Träne mit einem blütenweißen, extra bereitgehaltenen Taschentuch von der Wange. Zum Donnerlaut der Gewehre wird der mit der Nationalflagge drapierte Sarg in die Grube gelassen, und während das Echo der Schüsse verhallt, findet die feierliche Handlung ihr würdiges Ende. Männer und Frauen ziehen sich in ihre private Trauer zurück, die sie bis an ihr Lebensende begleiten wird.

In meinem Land hingegen – auch wenn es eine Hand voll Familien gegeben haben mag, die sich mit Zähnen und Klauen gegen das Eindringen von Kondolenztouristen und Medien auf ihr Terrain der Trauer zur Wehr setzten – war der Tod eine öffentliche Angelegenheit: ein Nationalsport mit vielen Teilnehmern und keinerlei Mangel an Anhängern. Soldatenbegräbnisse erinnerten an die Zusammenkünfte von Fußballfans. Die Trauerfreaks konnte man in diverse Kategorien einteilen: ältere Frauen, die sich die Seele aus dem Leib schrien, dekorativ wimmernde junge Mädchen, Macho-Soldaten, die plötzlich am Grab zusammenbrachen, und sogar flennende Fallschirmspringer, Sympathisanten, die von den politischen Parteien geschickt worden waren. Aus einer nur ihnen selbst bekannten Logik heraus verbanden Letztere Schmerz und Klage mit Racheakten von geradezu kosmischen Ausmaßen. Und wie bei jedem Fußballspiel gab es auch eine Mannschaft auf dem Feld – nahe Verwandte, die so weit gingen, sich unter dem frenetischen Beifall der Menge in die offene Grube zu stürzen und sich dort sabbernd die Haare zu raufen.

Die Fernsehsender erkannten schnell, dass Trauer und Leid jeden Hollywoodschmalz an Popularität um Längen übertrafen. Sendungen wie *Das große Fest der Volkstrauer* oder *Trauertag* fuhren Einschaltquoten astronomischer Höhen ein. Der Bildschirm war der Sehschlitz, durch den man den Schmerz der anderen begaffen konnte; nichts spornte die Fantasie meiner Landsleute mehr an als Verzweiflung und Leid. An warmen Sommertagen machten es sich behaarte Männer auf ihren Balkonen gemütlich und zappten von einem Sender zum nächsten, von einem Begräbnis zum anderen, und sahen den Todesfestspielen zu, in der einen Hand ein Stück wohlschmeckende Wassermelone mit Fetakäse, in der anderen die Fernbedienung, mit der sie den Totentanz im Griff behielten.

Als jemand, der seit jeher den Geheimnissen des Alltags und seiner verborgenen Realität auf den Grund zu gehen versucht, überlegte ich, weshalb die Amerikaner eine so große Zurückhaltung an den Tag legten, während die Beschnittenenbrigade derartige Orgien feierte. Ich fragte mich, weshalb die Amerikaner, die Vorbild-Gesellschaft des Westens, dort in ihrer Trauer fremder zu wirken schienen als jeder zufällige Zaungast in meiner Heimat. Und wieso bewahrten die Menschen im Ausland ihre Selbstachtung, während in meinem Land Verzweiflung und Selbsterniedrigung zum Volkssport geworden waren? Wäre das Trauern als olympische Disziplin anerkannt worden, mein Land hätte ganz oben auf dem Treppchen gestanden.

Obwohl das olympische Komitee seinerzeit den Vorschlag Israels, ein interkontinentales Trauerturnier zu etablieren, abgelehnt hatte, gelang es meinen Volksgenossen, Schmerz und Leid zu einem florierenden Wirtschaftszweig zu machen. Als der nahende Untergang längst unumkehrbar war, wurden Krisenbilder zum wichtigsten Exportartikel Israels. Postkarten mit Fotos von Mädchen, die an Gräbern knieten, und von in Tränen aufgelösten Fallschirmjägern wurden an christliche Pilger verkauft, die gekommen waren, um sich in der Kloake des Jordans (der damals schon seit langem ausgetrocknet war) taufen zu lassen. Vitrinen-Figürchen schwarz gekleideter Frauen wurden zum Verkaufshit in den Souvenirläden und erfreuten sich einer derart großen Nachfrage, dass sie sogar die populären Beduinenfiguren und Kamelkarawanen von den Regalen verdrängten. Obgleich mein Land also nie von den bereits angeführten Blutströmen heimgesucht worden war, wurde ungehemmtes Wehklagen zum Lieblingsport meiner ehemaligen Landsleute. Bilder von Trauer und Leid wurden in Übersee vermarktet, Bilder der Rechtfertigung, die um Verständnis und Anerkennung buhlten.

Wenn Eva und ich auf den Wetterbericht warteten, sahen wir zuweilen die grellen Trugbilder aus meinem Heimatland. Eva lächelte mich dann teilnahmsvoll an, im Wissen um meinen eigenen Schmerz; und damit ich mich nicht selbst in meinem Volk erkannte, wandte ich den Blick vom Bildschirm und betrachtete meinen Sohn, den kleinen Gustav. Wenn er friedlich in seinem Bettchen schlief, stellte ich mir vor, wie mein Junge in einer sanften grünen Welt aufwuchs, die mit sich selbst im Reinen war. Ich war heilfroh, dass ich die Nabelschnur zwischen meiner Herkunft und der Frucht meiner Lenden gekappt hatte.

Auch entdeckte ich, wie mir mein Sohn neue Perspektiven eröffnete. Gustav veränderte vollständig die Ordnung meines Lebens. Er war der Erste, der auf Gedeih und Verderb auf mich angewiesen war, der Erste, der meine uneingeschränkte Solidarität einforderte. Während ich mir meine Bekannten zuvor mit äußerster Sorgsamkeit ausgewählt hatte, fühlte ich mich von meinem eigenen Sohn auf unwiderstehliche Weise angezogen. Meine soziale Konditionierung, der ich anfangs durchaus argwöhnisch gegenüberstand, entwickelte sich schneller, als ich dachte. Gustav wurde die Liebe meines Lebens. Sein breites Lächeln reservierte ihm einen Ehrenplatz tief in meinem Herzen, und je mehr ich ihn liebte, desto weniger scherte mich der Wahnsinn um mich herum. Die Wüste meiner Heimat rückte zunehmend aus meinem Blickwinkel, und selbst in Eva sah ich manchmal kaum mehr als eine Milchbar auf dem Weg des Gedeihens meines kleinen Spanners.

Während ich Gustav fasziniert beobachtete, gewann ich eine profunde peepologische Erkenntnis, die mir die Augen öffnete: Die Entwicklung meines Sohnes war nichts anderes als eine permanente Vergrößerung des Sehschlitzes. Der Säugling, das kleine Gänslein Gustav, beginnt seinen Weg in einem Zustand anfänglicher Blindheit und entwickelt sich langsam zu einem systematischen Spanner. Als würde sich ihm eine immer größer werdende Öffnung im Mechanismus der Vernunftsblende auftun.

Gustav war noch kein Jahr alt, als er vollkommen auf Schlaf verzichtete. Nacht um Nacht schrie er wie am Spieß und rief Nachbarn, Polizei und die gesamte internationale Gemeinschaft um Hilfe an. Er schrie mal hoch, mal tief, als wollte er klarstellen, dass ihm nichts ferner lag als Monotonie. Anfangs dachten wir, dass er, der Sprössling einer radikalen Familie, einen Krieg erklärt hatte – aber warum, um Himmels willen, musste er ausgerechnet gegen den Schlaf in die Schlacht ziehen?

Dann aber fanden wir heraus, warum er so brüllte. Gustav wollte Milch. Viel Milch, und noch mehr Milch, alle Milch der Welt, und nicht etwa, weil er Hunger hatte, sondern weil sich Evas Brust in einen Sehschlitz verwandelt hatte, durch den er mitten in ihr Herz sehen konnte. Milch heißt, ich werde geliebt, muss er sich wohl gedacht haben.

Milch, so wurde mir klar, ist das wissenschaftliche Präzisionsinstrument des Babys zur Messung der mütterlichen Opferbereitschaft. Lakto-Beziehungen stellen ein komplexes emotionales Geflecht dar. Mir ging damals ebenfalls auf, dass der Mensch, zunächst nur ein biologischer Mechanismus, dessen metabolische Ziele sich im Zerreißen von Windeln erschöpfen, im angenehmen Schatten der Brust eine Wesenswandlung erfährt, während derer er allmählich zum Spanner wird. Nur wenige Menschen bringen es im Laufe ihrer weiteren Entwicklung zu tieferer meta-voyeuristischen Einsicht. Der Meta-Voyeur begreift, dass die Welt, die sich vor seinen Augen auftut, nichts weiter ist als eine Peepshow.

Das nüchterne Begreifen der Welt als Peepshow schließt nicht zuletzt auch eine große Portion Skeptizismus und Zynismus mit ein. Die Erkenntnis, dass wir die Welt durch einen Sehschlitz betrachten, ist die Mutter aller Erkenntnisse, und ihr Fundament ist die Selbstironie. Das tiefe Wissen darum, dass der Mensch nichts weiter als ein Spanner ist, führt unweigerlich zu dem Ergebnis, dass es keine allgemein gültige Erkenntnis gibt. Der bewusstseinsgeschulte Spanner weigert sich, sein Volk, seine Heimat oder sich selbst allzu ernst zu nehmen. Der weise Spanner hat für die Welt nur Spott und Verachtung übrig; er ist ein vehementer Skeptiker, ungeheuerlich und poetisch zugleich.

Während ich die Länder dieser Welt bereiste, wurde mir klar, dass dort, wo keine Selbstironie existiert, der Zusammenbruch nahe ist. Nationen ohne Humor, jene, die nur mehr bitter lamentieren, jene, die sich als auserwählt betrachten, jene die im Massenkummer waten – sie alle sind zum Scheitern verdammt.

Und ebenso, wie ich es verstand, Nationen und Menschen zu erkennen, die sich auf dem Weg in die Katastrophe befanden, verstand ich es auch, große Erkenntnisse zu bewundern und gebührend zu würdigen. Besonders kam mir die Sichtweise entgegen, den Menschen als Blatt im Wind zu betrachten, mal hierhin, mal dorthin geweht, doch immer in Richtung Vergänglichkeit. In jenem Augenblick, in dem der Einzelne begreift, dass die Wirklichkeit nur eine Erfindung ist – oder alternativ wenigstens erkennt, dass sie alles andere als großartig ist –, hat er den entscheidenden Schritt getan, um seine Existenz als Mensch zu erfassen.

Als ich Gustavs erste Begegnungen mit der Wirklichkeit beobachtete, seine beharrlichen Versuche, mit den Tassen zu sprechen, seine Wut an dem Plastikvogel über seinem Bett auszulassen, sich durch die schlichte Anwesenheit der Vase neben seinem

Bett beleidigt zu fühlen und sich mit den Bildern an der Wand zu unterhalten, wusste ich, dass er mit einer staunenswerten Erfindungsgabe auf die Welt gekommen war, einer Vorstellungskraft, die ich für immer in ihm bewahren wollte. Ich wollte, dass er für immer ein kreativer Spanner blieb, einer, der sich, die rosagrüne Brille des Romantikers auf der Nase, die Welt nach seiner Vorstellung neu erfand – und ich wollte ihm nach Kräften dabei unter die Arme greifen. Nicht zuletzt hoffte ich, dass er bei der Erschaffung seiner Welt auch auf die Wurzeln des poetischen Spotts stoßen würde, der zugleich Fundament und Oberfläche allen Daseins ist.

16

Ich war Ende dreißig, als mehrere Tiefschläge hintereinander mein Leben veränderten. Plötzlich und unerwartet wurde Eva von einer schweren Depression heimgesucht, von der sie sich bis zu ihrem Tod nicht mehr erholte. Innerhalb weniger Tage, vielleicht auch nur Stunden, verlor sie ihre Lebenskraft und zog sich in sich selbst zurück. Ausdruckslos und mit glasigem Blick starrte sie vor sich hin; niemand wusste, was mit ihr los war. Als jemand, der mit großem Interesse den Geheimnissen des Verstandes auf der Spur ist, glaubte ich zunächst an einen Hilferuf ihrerseits, doch so war es nicht. Mit jedem Tag versank Eva ein bisschen mehr, bis sie mich, Gustav und den Rest der Welt kaum mehr wahrnahm. Wir spielten in ihrem Leben keine Rolle mehr.

In den Klauen von Verzweiflung und Trägheit fand Eva Trost im Alkohol. Nicht, dass ich was gegen einen ordentlichen Drink hätte; im Gegenteil, Substanzen mit betäubenden Wirkstoffen haben es mir seit jeher angetan. Tatsächlich bin ich sogar der Ansicht, dass der übermäßige Genuss von Alkohol einen die Wirklichkeit mit anderen Augen sehen lässt, ganz abgesehen davon, dass Moral und Gesetz in dieser Wirklichkeit außer Kraft gesetzt sind. Von derartigen Restriktionen ebenfalls befreit, ließ Eva mich wissen, welcher Zorn in ihrem tiefsten Inneren loderte. Lallend und stammelnd zog sie über ihre Eltern her, die schon seit Jahren die Erde düngten; sie war wütend wegen Dresden und ihrer zerstörten Kindheit irgendwo im Osten Deutschlands, und aus heiterem Himmel stellte sich auch heraus, dass sie mich hasste. Selbst in Gustav sah sie eine Bedrohung, einen Balg, der sie ihrer Freiheit beraubte. Überflüssig zu erwähnen, dass sie mit sich selbst auch nicht gerade sanft ins Gericht ging.

Wie bereits angemerkt, hatte ich Eva nicht geheiratet, weil ich so unglaublich verliebt gewesen war. Sie war für mich eine Art Adoptivmutter in der neuen Heimat. Sie war mein warmes Zuhause und die Mutter meines Kindes, und diese beiden Faktoren reichten mir aus, um mich ihr bis zu meinem Ende verbunden und ergeben zu fühlen. Ich will gar nicht leugnen, wie sehr mir ihre dürre Erscheinung und ihre zerbrechlichen Lenden gefielen und wie sehr ich den Wasserfall ihrer Liebe bewunderte, der aus ihrem tiefsten Inneren sprudelte. Wäre es nach mir gegangen, ich hätte für den Rest meines Leben voller Durst vom Glück ihrer Jugend getrunken und mich voller Wonne zwischen ihren Schenkel geaalt. Aber ich war ihr nicht in unendlicher Liebe verbunden. Unser gemeinsames Leben, das als feuchtes Ereignis begonnen hatte, verwandelte sich zunehmend in einen nicht enden wollenden Alptraum. Eva spazierte nicht länger mit mir im zauberhaften Schillergarten umher, sondern gammelte stattdessen ganze Tage lang im Ledersessel vor dem Fenster herum, das zur idyllischen Heinrich-Heine-Allee und auf den Bertholdplatz hinausging. Freunde erklärten mir, dass Evas Depression Züge einer typisch nordischen Manie aufwies. Hysterische Ausbrüche seien ein weitverbreitetes Phänomen im Norden Europas und so normal wie etwa der Schnupfen, der mich in meiner Kindheit gelegentlich heimgesucht habe. Die vielen dunklen Winterstunden und die schier endlosen Sommertage bildeten ein ideales Gewächshaus für ganz besondere Neurosen. Eva saß vollkommen bewegungslos in ihrem Sessel, starrte aus dem Fenster und umarmte die Stille mit ihrer düster-gedrückten Stimmung fortwährenden Zwielichts. Normalerweise befanden sich stets drei leere Flaschen neben ihr auf dem Boden. Gustav und ich interessierten sie nicht mehr, und nach und nach hörte sie auf, uns überhaupt wahrzunehmen.

Viele Stunden verbrachte ich in dem Versuch, mit ihr zu sprechen. Manchmal, aus einem partnerschaftlichen Pflichtgefühl heraus, versuchte ich sogar, ihre Leidenschaft erneut zu entfachen, doch von einer einzigen Ausnahme abgesehen, als ein Strahl konzentrierter Lust plötzlich zwischen ihren Beinen hervorschoss, scheiterte ich jedes Mal kläglich. Eva blieb in ihrer frostigen Welt, gefangen hinter einer Mauer der Stille. Ich merkte, dass es Gustav nicht gut tat, in dieser Atmosphäre tiefster Niedergeschlagenheit aufzuwachsen, weshalb ich mich so oft es ging um ihn kümmerte – auch um den Preis, dass ich ihn von seiner Mutter und seinen Freunden fern hielt. Ich nahm ihn fast überallhin mit. Gustav war bei mir, wenn ich einen Vortrag in der Akademie hielt, teilte mit mir die Stille in der Bibliothek und begleitete mich auf meinen diversen Reisen rund um die Welt. Wir bummelten durch die Gegend, Hand in Hand, ich ein alternder Knabe und er ein dickliches, bebrilltes, unbekümmertes Kleinkind.

Es ist sicher ganz und gar auf meine Obhut zurückzuführen, dass Gustav eher in die Breite ging, als dass er in die Höhe schoss. Jenseits aller Regeln der pädiatrischen Medizin blähte er sich auf, und das nur, weil er sich fast ausschließlich von zwei Dingen ernährte: von rosa Zuckerwatte, die ich ihm an fast jeder Straßenecke erstand, und von Vanilleeis mit Schokoladen- und Nusssauce, das man in allen öffentlichen Parks kaufen konnte. Weil ich wusste, wie sehr ihm seine Mutter fehlte, wollte ich das Leben meines so über alles geliebten Sohnes mit allen mir zur Verfügung stehenden Mitteln versüßen. Da Gustav somit fast seine gesamte Kindheit an meiner Seite verbrachte, sprach ich mit ihm über jedes Thema, das mich beschäftigte, und weihte ihn sogar in die Prinzipien der Peepologie ein. Manchmal las ich ihm, bevor ich zu einem Seminar fuhr, meinen Vortrag vor, und er, hinter seiner rosa Zuckerwatte oder einer riesigen Eistüte hervorlugend, inspirierte mich und korrigierte meine Fehler, die mir in der Heiligen Schrift, der deutschen Sprache, noch immer unterliefen. Er fügte sogar Anmerkungen bezüglich Gliederung und Inhalt hinzu, und ich war unendlich stolz auf ihn.

Es scheint so, als hätten all die Mühen, die ich investierte, um Gustav von seiner zunehmend verstörten Mutter fern zu halten, zur Folge gehabt, dass ich Eva vernachlässigte. Sie wurde immer wirrer, bis ihr Verstand sie schließlich komplett verließ. Ihr ging es von Tag zu Tag schlechter, und sie näherte sich dem Stadium des vollständigen Realitätsverlusts. Der graue Himmel, der durch das Fenster zu sehen war, die Kälte und die Untätigkeit, steigerten ihre Einsamkeit ins Unendliche. Wie zu Stein geworden saß sie – verwahrlost und ohne jede Würde – in dem Sessel, zugedeckt mit einer karierten Wolldecke, ein Andenken, das ich von einer meiner diversen Vortragsreisen zur Peepologischen Gesellschaft Schottlands mitgebracht hatte.

Eva hörte auf zu essen, und wenn sie von Hungerattacken befallen wurde, fraß sie wie ein Tier. Sie verzichtete nicht nur auf Messer und Gabel, sondern schmierte das Essen überall hin – über ihre Finger, in ihre Haare, an ihre Kleidung, an alles. Meine Freunde drängten mich, sie in eine Klinik einzuweisen, und sogar, fortan jeden Kontakt mit ihr zu meiden, doch aus irgendeinem Grund war ich noch nicht so weit. Vielleicht lag es an meiner angeborenen Sturheit, vielleicht aber hatte ich mich ja selbst auf die eine oder andere Weise in die Melancholie verliebt. Manchmal beobachtete ich sie, als wäre sie ein verwundetes Tier, dessen Verhaltensweisen ich studierte.

Anfangs versuchte Gustav noch, seine Mutter, mit der ihn eine seelische Nabelschnur verband, zum Sprechen zu bringen, dann fand er sich mit ihrer zunehmenden Zurückweisung ab, verharrte wie ich Tag und Nacht an ihrer Seite und beobachtete ihren allmählichen Verfall. Ich war mir der Gefahr, die in dieser Art zu leben lauerte, zwar bewusst, hatte jedoch keine Ahnung, was ich tun sollte: meinen Sohn seiner Mutter entreißen und sie ihrer Freiheit berauben, oder es Gustav überlassen, wie er die Beziehung zu seiner Mutter gestalten wollte? In dieser Situation war es nur natürlich, dass er, ohne es zu merken, Führungsqualitäten entwickelte. Mein dickliches Kind füllte die Lücke, die seine Mutter hinterlassen hatte, mit neuem Leben. Ich sah, wie all dies geschah, und trotz meiner Erfahrung war mir nicht bewusst, dass sich die aufopfernde Haltung meines Sohnes eines Tages in Form erbitterter Wut gegen mich richten würde.

17

Während mein Zuhause im Chaos versank, konzentrierte ich mich mehr und mehr auf mein eigenes Leben. Meine Familie war zum Inbegriff dessen geworden, was man als dysfunktional bezeichnet. Eva war zu einer Schlampe verkommen, der wie einer Pennerin Bartstoppeln auf den Wangen wuchsen. Gustav pflegte sie zwar bereitwillig und liebevoll, dennoch war klar, dass wir nicht ewig so weitermachen konnten. Gleichzeitig wuchs der Kreis meiner peepologischen Bewunderer ständig und geriet zu einer immer höher schlagenden Welle aus Sympathisanten, Anhängern und Schülern. Zu meiner großen Verwunderung fühlte ich mich trotz der sich mehrenden Fülle peepologischer Forschungsarbeiten und einer noch größeren Zahl von Zitaten, die angeblich auf Aussagen von mir zurückzuführen waren, zunehmend als Fremder in meiner eigenen Lehre. Unfähig, irgendeinen kohärenten Gedanken zu fassen, hatte mein Bewusstsein sich verabschiedet und selbständig gemacht. Meine Einzigartigkeit war für immer dahin. Die peepologische Forschungswelt erschien mir zunehmend inhaltsleer, ein modischer intellektueller Trend, nicht mehr. Wie viele andere neue Wissenschaften nutzte auch die Peepologie Verstand und Verstehen lediglich als Stilmittel und nicht als Substanz. Es liegt in der Natur der Sache, dass die Weisheit das Universum trägt, doch die vermeintlich Weisen hatten sich zu einem exklusiven Klub zusammengeschlossen und sprachen ihre eigene Sprache. Mehr und mehr Öko-Egoisten und warme Brüder debattierten, angeblich in meinem Namen und unter Bezugnahme auf vermeintliche Äußerungen von mir. Es dauerte nicht lange, und das post-peepologische Konzept breitete sich aus wie ein Feuer unter solchen Fantasten, deren Hirne Trümmerhaufen glichen. Die Post-Peepologen griffen mich an und beschuldigten mich des Sexismus und Chauvinismus sowie der krassen Missachtung der Dualität von Glas und Spiegel. Nach Ansicht jener gut vernetzten Homoerotiker war das Spiegelprinzip die Lösung des peepologischen Problems schlechthin. Indem sie die Spiegelseite des Sehschlitzes durch schlichtes Glas ersetzten, glaubten sie, ihn überwinden zu können. Diese ideologischen Wichtigtuer neigten in ihrer trüben, sich selbst begehrenden Erfahrung fälschlicherweise zu der Annahme, mit ihrer identischen Andersartigkeit den Sehschlitz entkräften und schließlich aufheben zu können. Ich selbst, der Voyeurismus weder als Last noch als Segen betrachtete, sondern schlicht als notwendige Kategorie der menschlichen Existenz, blieb von dieser Kritik naturgemäß völlig unbeeindruckt.

Je mehr Aufmerksamkeit meinen Thesen zuteil wurde, desto angewiderter war ich allerdings von meinen eigenen Aussagen und von den intellektuellen Eierköpfen, die sich selbst zu Verfechtern meiner Sache erkoren hatten. Immer deutlicher wurde mir bewusst, dass diejenigen, die nicht in der Lage waren, das Wesen des Voyeurismus zu erkennen oder, umgekehrt formuliert, die leere Illusion der spiegellosen Transparenz, nicht zur gleichen menschlichen Spezies gehörten wie ich und demzufolge auch in keinen Dialog mit mir treten konnten; im Gegenteil, sie schwammen in einem Meer aus Schweigen. Aus meiner Sicht war der Sehschlitz die metaphysische Voraussetzung menschlicher Existenz. *Ich spanne, also bin ich*, dieses Axiom hatte ich in die Köpfe meiner Studenten gehämmert, und ich erinnere mich sogar an den Satz: *Ich bin, also spanne ich*.

Wenn unser Bild von der Welt nicht einer imaginären Ansammlung von Erscheinungen entspricht, die durch den Sehschlitz in den leeren Raum des Bewusstseins dringen, dann bleibt uns nichts weiter, als die Schotten dicht zu machen. Meiner Ansicht nach ist eine Existenz, die keine voyeuristische ist, auch keine menschliche Existenz, weshalb ich mit einer solchen Existenz auch nichts zu tun haben will. Nicht genug, dass Bruchstücke meiner Äußerungen ihren eigenen Weg in die Welt der leeren Lobpreisungen fanden, ich selbst verstand, je tiefer ich in die Weisheit der Deutschen vordrang, dass dort schon seit jeher der Schlüssel zur peepologischen Erkenntnis gelegen hatte. Schon vor langer Zeit haben die Deutschen nämlich erkannt, dass die Wirklichkeit, insoweit sie enthüllt ist, nichts weiter ist als ein Sehschlitz, errichtet inmitten einer Welt, deren Geheimnisse »als solche« wir nie ergründen werden. Und dem nicht genug, die alten Griechen hatten das auch und sogar viel früher gewusst als die Deutschen.

Wenn all dies also schon längst bekannt war, dachte ich folgerichtig, dann hatte ich mir mit meiner anmaßenden Unkenntnis selbst ein Grab geschaufelt und einen Kontinent erobert, der längst entdeckt worden war. Und was meine Schüler anging, diejenigen, die in den Abgründen meiner anmaßenden Unkenntnis wühlten, so waren sie dabei, sich ein Massengrab auszuheben. Des Nachts im Bett, verängstigt und aufgewühlt, fragte ich mich, wie es so weit hatte kommen können, dass der abstruse Unsinn, der meinem brodelnden Hirn entsprang, plötzlich zu einem Kult geworden war.

Ich entdeckte aber nicht nur, dass die gesamte voyeuristische Forschung dem europäischen Denken bereits zugrunde liegt, sehr zu meiner Überraschung fand ich ebenfalls heraus, dass die peepologische Idee auch in der Weisheit meines eigenen Volkes eine elementare Rolle spielte. Sie schien im Grund aller Dinge verankert zu sein, in der hebräischen Sprache, in der Dualität des Bundes zwischen dem Wort und dem Ritual der Beschneidung, dem Bund zwischen Mensch und Sprache, dem Bund, der dem Menschen den Weg in die Welt ebnet. Das hebräische Wort *mila* (Beschneidung) stellt eine ideologische Wurzel dar, die sich vorgräbt bis zum Gipfel der Weisheit, der wiederum sich weit jenseits unserer materiellen Welt befindet. Aus diesem Grund wandeln die Beschnittenen in der Nähe der Ur-Erkenntnis von der Vertreibung aus dem Paradies, in dem die Dinge »als solche« sind.

Ich war Mitte vierzig, als meine Familie auseinander fiel und meine Lehre wie ein Fluch auf mir lastete. Meine Wissenschaft, die mir fünfzehn Jahre lang den Glauben vermittelt hatte, zur kleinen Gemeinschaft der philosophischen Pioniere zu gehören, verwandelte sich meiner Ansicht nach in ein ätzendes Gebräu extrovertierter Einfältigkeit. Für kurze Zeit stieg die beklemmende Angst in mir auf, dass in meiner völligen Unbedeutsamkeit die Ursache für Evas Verfall zu suchen wäre, doch selbst mit dieser fixen Idee machte ich mich der Eitelkeit und maßlosen Selbstüberschätzung schuldig; Eva ging schlicht und ergreifend deshalb unter, weil sie zu schwer war.

Doch wie zu erwarten, brachte mein Schweigen, in das ich mich hinsichtlich der peepologischen Fragen und Erörterungen hüllte, nur wenig Vorteile; meinen Fanklub aber brachte es auf den wenig plausiblen, ja geradezu grotesken Gedanken, ich könnte aus meinem Ärmel ein bis zum Rand mit intellektuellem Dynamit gefülltes Fass hervorzaubern, das jeden Moment hochging. Je nachhaltiger ich schwieg, desto heller strahlte mein Heiligenschein und desto höher stiegen die Erwartungen an künftige Äußerungen meinerseits, an künftige Erkenntnisse. Wäre es möglich gewesen, ich hätte mich meiner Hülle entledigt und wäre in die Wüste entflohen, um mich vor der Scham und der Schande zu verstecken, die ich über mich gebracht hatte.

Just in jenem Moment, als ich unter der Last meiner sich auflösenden Familie und dem Schneeball namens Peepologie, der in Gefahr war, jeden Augenblick zu schmelzen, komplett zusammenzubrechen drohte, als ich das Interesse an jeder Art von Kommunikation zwischen mir und der Welt um mich herum verlor, lag an einem extrem kalten Wintertag ein Eilbrief auf meinem Schreibtisch im Peepologischen Institut der Deutschen Akademie, der soeben per Einschreiben zugestellt worden war.

Schalom Gunther,
seit Jahren haben wir nicht mehr miteinander gesprochen und auch sonst keine Verbindung zueinander gehabt. Ich habe Dein Schaffen im Laufe der Jahre verfolgt und bin sehr beeindruckt von Deinem Erfolg, weniger allerdings von den Inhalten, die ihm zugrunde liegen. Morgen treffe ich auf einen zweitägigen Besuch in der Akademie ein und würde mich freuen, Dich auf eine Tasse Kaffee zu treffen. Ich würde mich auch freuen, wenn wir uns als Liebende wieder begegnen könnten. Mit anderen Worten: Ich würde mich freuen herauszufinden, dass, nach allem, was geschehen ist, immer noch Wohlwollen zwischen uns herrscht, damit wir uns nun für immer zusammentun können. Ich habe ein verzweifeltes Bedürfnis nach Liebe.

Voller Hoffnung,
Deine Lola

Ich war platt. In Lolas Verhalten lag eine hemmungslose Arroganz, die es möglicherweise vermochte, mich in genau diesem Augenblick zu retten. Einem Augenblick der Selbstverachtung. Einem Augenblick der Lebensmitte. Der Ekel, den meine Lehre in mir hervorrief, hatte, zusammen mit dem allseits bekannten Wahn, dem meine Frau verfallen war, eine Bucht in mein Leben gespült, in die Lola gelassen hineinsegeln konnte. Lola, das schwere Schlachtschiff der Liebe meines Lebens, war wieder in See gestochen, doch diesmal, um Anker zu werfen. Ich hatte keinerlei Zweifel, dass unter dem Regen der Verachtung, der auf mich niederprasseln würde, nur Gutes gedeihen konnte. Als vermochte die Verachtung von außen mich zu retten vor der Verachtung, die ich mir selbst gegenüber empfand. Lola konnte mich zu Puder zermahlen, um mich daraus neu zu erschaffen. Ich zitterte vor lauter geistiger und körperlicher Neugier. Die Stunden vergingen langsam, und das Leben ging allmählich in ein Morgengrauen über – das Leben im Schatten der Erwartung. Trotz der Vorfreude kamen mir aber auch einige klar auf der Hand liegende Bedenken, was zum Beispiel das Verhältnis zwischen Lola und Gustav anging, die leider nicht mal über eine einzige Silbe einer gemeinsamen Sprache verfügten. Außerdem wusste ich nicht, was Lola von Kindern im Allgemeinen und Jugendlichen im Speziellen hielt. Auch Gustavs Reaktion beschäftigte mich: Was würde er sagen, wenn plötzlich eine Unbekannte aus dem Schlafzimmer seines Vaters käme? Was Eva anging, so hatte ich überhaupt kein schlechtes Gewissen. Inzwischen war ich fest entschlossen, sie einer Klinik zu übergeben, und zwar unter allen Umständen und so schnell wie möglich. Über all diese praktischen Befürchtungen hinaus fragte ich mich, ob Lola wohl irgendetwas Interessantes in mir entdecken würde, schließlich kann man fünfzehn Jahre ohne jeden Kontakt nicht einfach so wegwischen. Meine niederen Regionen schmückte eine beeindruckende Wampe, die mir mittlerweile den Blick auf mein drittes Bein versperrte; meine Libido hatte abgenommen, und meine Haare waren schütter und grau geworden.

Und so begann ich eine zweitägige Radikal-Diät. Im Gegensatz zur verbreiteten Meinung, dass Dickwerden seinen Ursprung in übermäßigem Essen hat, betrachtete ich die Fettleibigkeit als Beweis für einen Mangel an schlank machenden Genen. Ich war voller Optimismus, meldete mich in einem Fitnessklub an, besorgte mir einen Termin bei einem Friseur mit trichologischen Kenntnissen und kaufte mir für die vor mir liegenden glücklich-schlanken Tage sogar einen karierten Anzug, der mir um einige Nummern zu klein war.

18

Vor etwa drei Monaten wandte sich Professor Friedrich Schar'abi vom Deutschen Institut zur Dokumentation Zions an mich und forderte mich auf, meine Lebenserinnerungen zu Papier zu bringen. Ich, der ich den Wechselfällen meines Lebens nie irgendeinen besonderen Wert beigemessen habe, schreckte vor dieser Idee heftig zurück. Ich wollte der Welt und auch mir selbst den Bericht über mein Lebenslabyrinth mit seinen dunklen Gängen ersparen. Ich betrachte mich selbst nicht gerade als liebenswerten Charakter, und auch die mir zugeschriebenen Erkenntnisse sind im Großen und Ganzen Ergebnisse des Zufalls, wenn nicht sogar krasser Dummheit. Der Name Professor Wanker wurde zwar zum Synonym für die peepologische Wissenschaft, doch haben sich, wie zuvor bereits erwähnt, meiner Ansicht nach die Ergebnisse meiner jahrzehntelangen Arbeit als obsolet erwiesen. Ich versuche hier nicht, bescheiden zu sein. Drei Monate zuvor war ich noch aufrichtig überzeugt, dass meine Lebensgeschichte in keiner Weise einen Wert für die Öffentlichkeit darstellen könnte. Ich hielt mein Leben historisch für nicht besonders aufschlussreich. Ich räume ein, dass ich einige der entscheidenden Ereignisse im Zusammenhang mit der zionistischen Krankheit vorausgesehen habe, doch schrieb ich dies nie meiner besonderen Intelligenz zu, sondern vielmehr der triebhaften Ehrlichkeit, die mein Wesen bestimmt. Damals wie heute erscheinen mir die Ereignisse nicht zufällig, sondern unvermeidlich, und deshalb war es gefährliche Blindheit, die meine Landsleute davon abhielt, die nahende Katastrophe zu erkennen. Vermutlich war meine unbeirrbare und grenzenlose Lebensfreude verantwortlich dafür, dass ich ahnte, was sich da anbahnte, ja, es waren meine zügellosen Begierden, die mich den Dingen näher brachten, wie sie aus meiner Sicht sind, für mich ganz persönlich.

Professor Schar'abi ließ sich jedoch nicht beirren. Drei Stunden lang redete er auf mich ein. Schließlich gab ich nach, und heute bin ich ihm aus tiefstem Herzen dankbar für seine Beharrlichkeit. Ich merke, dass dieser Prozess des Sich-Erinnerns eine Gnade ist, denn auf diese Weise kehrt mein Leben mit einem lange verloren geglaubten Maß an Vitalität, Kraft und Energie zu mir zurück.

Seit fast drei Monaten schreibe ich nun an meiner Geschichte. Ich werde nicht jünger, und es ist nicht ausgeschlossen, dass mein Ende naht. In der letzten Zeit nehme ich einen nebligen Dunst wahr, der mir aus der Zukunft entgegenweht, und am Horizont kann ich deutlich dunkle Wolken erkennen, bereit, mir entgegenzueilen und ihre sintflutartige Last auf mich niedergehen zu lassen, um auch noch den letzten Rest Leben aus meinem alten Körper zu schwemmen. Zwar sind meine Sinne nicht mehr so wach, wie sie es einmal waren, doch des Öfteren nehme ich nun einen seltsamen Geruch wahr, der mir in Hals und Nase steigt und mich an die Konservierungslösung erinnert, deren Gestank jene Schullabore durchströmt, in denen zahllose Embryos in versiegelten Gläsern verwahrt werden. Ich hege keinerlei Zweifel daran, dass die Fäulnis des Grabes sich bereits bis in die Extremitäten meines Körpers vorarbeitet.

Obwohl ich während meines gesamten Lebens nie auch nur eine Sekunde lang aufgehört habe, dem leisen Rauschen des Lebens zu lauschen, den Atemhauch des Augenblicks zu berühren oder den Geschmack der Freude auszukosten – jetzt, da ich mein Leben auf dem Papier noch einmal Revue passieren lasse, empfinde ich zusätzlich den Schmerz und das Glück jener wunderbaren Augenblicke, die meinen Händen entglitten und die ich nicht festhalten konnte. Aus heutiger Sicht erlebe ich, trotz der

Müdigkeit des Alters, meine Jugend auf völlig andere Weise als damals. Ich beiße mir auf die Lippen und koste von den zähflüssigen Sekreten aus Avischags Unterleib. Ich umschließe mit meinen Zähnen die Brustwarzen Evas, ich schiebe meine Zunge in jede erdenkliche Öffnung, auch in solche, die keine explizit sexuelle Bedeutung haben wie Nasenlöcher und Bauchnabel. Ich berühre die erogenen Zonen all meiner Frauen. Ich bin müde und verwirrt und kann dennoch nicht davon lassen, meine Finger nach ihnen auszustrecken, sie zu fühlen, zu streicheln und zu verwöhnen und mir danach die Hände zu reiben, stundenlang. Manchmal, wenn mich die Erinnerungen an die Liebe übermannen, lege ich meine Finger an meine Nase und versuche den Geruch der Lust zu beschwören. Ich erinnere mich an die stickige Luft des Zimmers, in dem wir uns endlos liebten, die ganze Nacht hindurch bis weit in den Morgen hinein, wieder und wieder. Ich erinnere mich an das Bett, umhüllt von den duftenden Ausdünstungen der Lust, die dem Geruch eines Gummireifens bei einer Vollbremsung ähneln. Im Bewusstsein um meine immer kürzer werdenden Tage übe ich selbst mich nun in Zurückhaltung und lasse stattdessen meine Geliebten betörende Düfte in das Reich meiner Melancholie träufeln. Ich habe keine Eile, irgendwohin zu gehen. Ich überlasse es der Zeit, das ihre zu tun.

Jedes Mal, wenn die Erinnerung kommt, wenn das Leben sich überschlägt und zu einem Meißel wird, der ohne Unterlass in mir hämmert, begreife ich, dass die Nostalgie eine Sehnsucht nach dem verpassten Erlebnis ist; dem Erlebnis, das seinerzeit verborgen und unausgekostet blieb. Ich beginne zu erkennen, welche Grausamkeiten die Existenz im Verborgenen für uns parat hält. Gerade jetzt, da der triumphierende Duft des Frühlings in meiner Fantasie aufsteigt, ist mein Fleisch erfüllt vom modrigen Geruch des Herbstes. Und vielleicht ist das ja die Belohnung des Seins: Es versieht jedes Axiom mit einem zeitverkehrten Zauber der Gültigkeit; Verjüngung, die auf die Schwäche des Alters folgt.

Ein Blick auf die unaufhaltsam ablaufende Sanduhr meines

Lebens sagt mir, dass ich es wohl nicht schaffen werde, die Geschichte meines Lebens zu vollenden. Meine eigene Vergänglichkeit sitzt mir im Nacken. Im Augenblick schreibe ich nieder, was sich ungefähr um meine Lebensmitte herum ereignet hat, zu der Zeit, als Lola zurückkehrte, doch meine Kräfte lassen nach und mein Schreiben verlangsamt sich im Takt meines welkenden Verstandes. Ich verbringe ganze Tage damit, in trunkenen Exkursen zu schwelgen und mich von ihnen in die leeren Räume der Sehnsucht geleiten zu lassen. Ich weiß nicht, ob mein Manuskript irgendeinen historischen Wert besitzt, doch all diese Fragen vermögen schon längst nicht mehr die Spitze meines Schwanzes zu kitzeln, der einst schlicht ein williges Ding war. Aber ich bin fröhlich und guter Dinge, und ich habe es geschafft, das verhängnisvolle Schicksal abzuschütteln, das fast hinter jeder Ecke auf mich zu lauern schien. Ich danke Ihnen, Herr Schar'abi. Mögen Sie noch lange leben, und sobald Sie selbst die Reife des Alters erlangt haben werden, vergessen Sie nicht, Ihre eigenen Erinnerungen niederzuschreiben.

Heute Morgen erhielt ich eine offizielle Einladung der palästinensischen Regierung zur Teilnahme an einem peepologischen Kongress der Universität Al Quds. Normalerweise hätte ich ein solches Angebot unter allen Umständen abgelehnt; und doch – obwohl mein Interesse sowohl an der Peepologie als auch an Palästina während der letzten Jahre ständig sank –, da ich nun meine Erinnerungen niederschreibe, empfinde ich plötzlich wieder ein starkes Bedürfnis zu reisen. Ich schäme mich, es zuzugeben, doch plagen mich seit neuestem Heimweh und Trennungsschmerz. Es ist fünfundvierzig Jahre her, seit ich zuletzt die Stätten meiner Jugend aufgesucht habe. Niemals wäre mir das auch nur für einen Moment in den Sinn gekommen; doch jetzt, im Schein der heruntergebrannten Kerze meines Lebens, sehe ich so klar wie die Sonne am Himmel, dass mir wohl keine weitere Gelegenheit mehr gegeben wird. Ich habe das ungute Gefühl, dass ich die Einladung annehmen werde.

19

Der Mensch blickt in sein Inneres, wenn er wartet. Je älter man wird, desto mehr verflüchtigt sich das Gefühl der Erwartung mit seinem schweren Bündel aus Hoffnungen und Illusionen. Das Unbekannte entschwindet zugunsten des Bekannten und Anerkannten, bis auch sie schließlich ins Nichts geweht werden. Das Bekannte verdrängt jeden Funken von Überraschung. In der Kindheit übertrifft das Unbekannte das Bekannte, während mit zunehmendem Alter das Meer der Einzelheiten fast jeden Rest der ursprünglichen, wilden kindlichen Blindheit davonspült.

Das Wissen gibt sich verlogenerweise als bester Freund des Menschen aus. Als würde es das Leben mit einer Art himmlischem Licht erhellen, einem Licht, das die uralte Finsternis um uns herum hinwegfegen will. Tatsächlich ist es ein großer Betrug, denn das Wissen tötet die Wahrnehmung all jener Mängel und Unzulänglichkeiten, all der kleinen Hohlräume und Nischen, in denen wir uns verstecken konnten. Für mich bedeuten Unwissen und Finsternis so etwas wie ein leichtes Unwohlsein in der Magengegend, eine nüchterne Art des Wissens. Angesichts der Dunkelheit, der abgrundtiefen, bodenlosen Finsternis, empfinde ich großes Glück, atemloses Herzklopfen und berauschende Furcht. Die Erwartung setzt das Vorhandene, die Gegenwart, außer Kraft. Das Leben im Schatten der Erwartung wird zu einer Folge von Begebenheiten auf dem Weg in die Nebel, die unberechenbare Zukunft, die vor uns liegt, und darin besteht der höchste Genuss, wenn man schon in keiner Weise für das Kommende gewappnet ist.

Während ich das Gefühl des Wartens auf Lola genoss, dachte ich über den Sinn und Zweck des Verlangens und das Ausmaß der Selbstverleugnung nach, die dem Bewusstsein über das Hier und Jetzt innewohnt. Zwei volle Tage stellte ich mir vor, wie es sein würde, wenn wir uns begegneten, wägte sorgfältig ab, was ich sagen wollte, versuchte abzunehmen und ließ mein bisheriges Leben vor meinen Augen Revue passieren. Selbst als ich bereits in der Cafeteria saß, in einer Ecke, die wir am Morgen während eines kurzen Telefonats als Treffpunkt vereinbart hatten, ertappte ich mich dabei, wie ich mich noch immer vorbereitete, träumte, meine Rolle probte und in mich hinein lachte. Ich war immer noch in meine Fantasien versunken, als sie plötzlich vor mir stand, groß und hager, mit vielen Fältchen um die Augen. Ihr war anzusehen, dass sie mindestens ebenso nervös war wie ich. Vielleicht, so hoffte ich plötzlich, würde sie nicht mal bemerken, wie fett ich geworden war.

»Hallo, Gunther«, begann sie in ihrem phlegmatischen, poetischen Singsang, den meine Ohren schon seit vielen Jahren vergessen hatten.

»Schalom«, antwortete ich. Sie ließ sich mir gegenüber nieder und setzte mich mit ernstem Gesichtsausdruck davon in Kenntnis, dass ich mich überhaupt nicht verändert hätte. Aus Gründen der Höflichkeit gab ich zurück, für sie würde dasselbe gelten, doch da mir bewusst war, dass wir unsere Verbindung kaum auf der Basis so offenkundiger Lügen wieder aufleben lassen konnten, korrigierte ich mich und gab zu, dass es doch einige erkennbare Veränderungen gab, die mich aber überhaupt nicht störten.

»Im Gegenteil«, sagte ich, »nur im schwachen Licht deines sanften Verfalls stelle ich fest, wie unauflöslich das Band ist, das mich auf immer mit dir verbindet.«

Sie blieb mir nichts schuldig. »Ich dachte, du hättest dir während deiner Zeit im Westen endlich Manieren angeeignet«, antwortete sie. »Da du aber bei der Lektion, wie man eine alte Freundin begrüßt, offenbar gefehlt hast, sage ich es dir ganz direkt: Was Verfall und Alter angeht, solltest du dringend etwas gegen deine fette Wampe tun, ehe du mit deinem schwerfälligen Getappe noch die Erde aus ihrer Umlaufbahn wirfst.«

Ich war sprachlos angesichts der Unverblümtheit meiner ehemaligen Geliebten und der brennenden Beleidigung, mit der sie meine überbordende Taille bedacht hatte. Getroffen saß ich vor meinem feinen italienischen Kaffee. Mir fehlte die Kraft, den Löffel zu heben und einen zweiten Bissen von meinem Strudel zu nehmen oder gar einen schwachen Gedanken an die geeiste Sahne zu verschwenden, die obendrauf thronte. So wie in den guten alten Tagen, den Tagen meiner unterdrückten Jugend, war ich wie gelähmt, während mich gleichzeitig eine Gänsehaut überlief, die meine Triebe über alle Maßen entfachte.

»Wenn wir schon über Rettungsringe und Abspecken reden, so würdest du gut daran tun, deinen Gaumen von dieser Schlagsahne fern zu halten, und ein wenig körperliche Betätigung würde dir bestimmt auch nicht schaden«, teilte sie mir in ihrem schleppenden Tonfall mit, der im Lauf der Jahre auch noch arrogant geworden war. »Und da wir gerade bei körperlicher Betätigung sind, schlage ich vor, in mein Hotelzimmer zu gehen. Dort kannst du dann deinen Körper trainieren, so lange du willst. Also, ich jedenfalls brenne darauf.«

Ich versuchte, den Inhalt des Briefes zu rekapitulieren, der zwei Tage zuvor auf meinem Schreibtisch gelandet war. Darin war lediglich von einem Treffen auf eine Tasse Kaffee die Rede gewesen und nicht davon, ihn auch noch zu trinken. Doch kaum, dass wir ein paar Minuten zusammensaßen, hatte mich Lola schon meiner Freiheit beraubt. Nun ja … verfluchte Freiheit, wer braucht sie schon? Ich hatte meine Freiheit ohnehin und aus freien Stücken dem klitoralen Unterdrückungssystem unterworfen, was immerhin die Liebe meines Lebens hervorgebracht hatte. So wie in den guten alten Tagen nahm mich Lola an der Hand und führte mich durch die Gassen meiner Stadt zu ihrem gemieteten Bett in einem kleinen Zimmer am Ende der Kaiserstraße.

Ohne irgendeine romantische Geste stieß sie mich auf ihr Bett und drehte mir den Rücken zu. Ich begriff, dass ich den Reißverschluss ihres Kleides öffnen sollte, und genau das tat ich. Immer noch mit dem Rücken zu mir gewandt, ließ sie ihren hauchdünnen Unterrock hinabgleiten und blieb mit entblößtem, knochigem Hintern, nur mit Strumpfhalter und schwarzen Netzstrümpfen bekleidet, vor mir stehen. Sie bückte sich, so dass ich in den Genuss kam, die feucht glänzende Pracht ihrer zarten Perle zu sehen. Wortlos wandte sie sich um und presste das Tor ihres Körpers an meine geblähten Nasenlöcher. Die ungestüme Bewegung ließ mich nach hinten fallen, und während ich noch die neue Perspektive zu fokussieren versuchte, wurde ich jäh gewahr, dass meine Stirn zum Sattel für ihre Schenkel geworden war, die eine Mischung duftender Sekrete verströmten. Ich begann zu lecken und zu lutschen, während sie über mich hinweggaloppierte und dabei keuchende Gesänge hören ließ.

Ganz zweifellos nahm ich an jenem Nachmittag etwas ab, soweit Zunge, Lippen, Zahnfleisch und Gaumen dies bewirken können. Meine Domina setzte die Tagesordnung fest, und ich, seit jeher hochinteressiert an den Menschen und ihrer Sexualität, betrachtete es als Auszeichnung, die Rolle des Forschers, des Spanners und des Hauptakteurs zugleich spielen zu dürfen.

Nach einigen Stunden energischen Galopps auf meinem Hinterstübchen trug mein Gesicht den Abdruck ihrer segensreichen Konturen. Ich liebe es, Frauen von unten zu betrachten, aus der Perspektive eines Automechanikers, und ich war schon immer völlig versessen darauf, Frauen Genuss zu bereiten, während sie auf meiner Stirn reiten. Ich fahre meine lange Zunge aus, lasse sie darüber hinweggleiten und huldige ihren Öffnungen, bis ich die Besinnung verliere.

Plötzlich richtete Lola sich auf, ohne dass ich es bis dahin auch nur ansatzweise geschafft hatte, einen einzigen Knopf meines Hemdes zu öffnen. Ihre Knie küssten meine Ohren, und aus ihr tropften Freudentränen auf meine zerquetschte Nase. Sie streckte ihre Arme, stieß einen erleichterten Seufzer aus und fiel an meiner Seite in einen tiefen Schlaf. Das Zimmer füllte sich mit einem schleppenden, auf- und abschwellenden Röcheln, als hätte sich ein sibirischer Kosake neben mich gelegt.

Wieder war ich allein. Eigentlich war ich immer allein. Doch die Einsamkeit an Lolas Seite überließ mich stets dem Gefühl, ein Gefäß ohne Inhalt zu sein. Was gab es Angenehmeres, als ein leeres Gefäß zu sein, ein Gefäß, das seine Freiheit in die Hand eines Herrschers legt und sich damit ewige Freiheit erkauft. In der Hingabe an Lola unterwarf ich mich den dunklen Mächten des Verborgenen. An Lolas Seite war ich der sprichwörtliche schwarze Sklave. Ich tat, was sie wollte, und konnte gehen, wohin immer es mir beliebte. Es gefiel mir, ihr Sklave zu sein. Und diesmal hatte ich auch einen Ort, an den ich zurückkehren konnte.

20

Umhüllt von Lolas Gerüchen ging ich lächelnd durch die Straßen nach Hause. Ich kehrte in der Gewissheit zu Gustav zurück, dass wir uns auf gravierende familiäre Veränderungen einstellen mussten. Eva hatte man bereits irgendwo in eine Zwangsjacke gesteckt, und mir blieb nur, meinen Sohn und mich selbst zu retten. Je mehr ich über Lolas Beweggründe nachdachte, über ihr plötzliches Auftauchen aus dem Nichts, desto klarer wurde mir, dass nicht das Verlangen nach mir sie in das Land der Deutschen gebracht hatte, sondern das Bedürfnis, aus ihrer zerstörten Heimat zu fliehen.

Die westliche Welt jener Jahre war voll von israelischen Flüchtlingen. Anfangs kamen jene, die sich vor den schlimmsten Exzessen des jüdisch-orthodoxen Fundamentalismus retten wollten, dann kamen die, die vor dem tobenden Zerstörungskrieg um ihr nacktes Leben flohen. Die Mehrheit der Israelis war in meinen Augen noch abstoßender als zuvor; selbst an mir entdeckte ich eine beträchtliche Anzahl hebraistischer Spuren, genug jedenfalls, um mich vor mir selbst zu ekeln und kaum mehr schlafen zu können.

Meine Landsleute schienen mir herrschsüchtig und geldgierig zu sein, egal ob sie nun Söldner waren, Araber hassten oder sich recht unbedarft als Menschenfreunde ausgaben. Am meisten jedoch verabscheute ich die vom Westen träumenden Vollblut-Liberalen. Mich schauderte angesichts der zahllosen provinziellen Friedenssucher, den grün gefärbten Visionären, den Anhängern der Peace-now-Bewegung, die der Luftblase des linken Zionismus die Treue hielten, der in Wirklichkeit nichts anderes war als eine nationale, sozialistische Torheit. Vielleicht war ich von der großen Furcht erfüllt, als ihr Ebenbild geboren worden zu sein, ein blutendes Herz, das auf seinem vermeintlich intellektuellen Bauch kroch. Die friedensbewegte Clique, die sich bereits gegen Ende des letzten Jahrhunderts von der Macht verabschieden musste, verursachte mir Übelkeit, sogar noch mehr als die Raufbolde rechts außen, die ich ohnehin nicht ausstehen konnte. Auf amüsante und Mitleid erregende Weise verließen sich die meisten meiner Freunde, darunter auch Lola, auf die Mischpoche der Sandalen tragenden Analytiker, allesamt Akademiker, die vom neuen Nahen Osten träumten; ein Traum, der meiner Ansicht nach das Resultat zu starker Sonneneinstrahlung am Mittelmeer war. Die Klugen unter den Beschnittenen wurden von diesem Traum durch den reichlichen Genuss klaren Wassers und den konsequenten Aufenthalt im Schatten geheilt. Ich selbst wurde geheilt, indem ich regelmäßig vom Wasser des heiligen Flusses trank, dem Rhein.

Ich wägte mich zunächst in der Illusion, mich vor der bedrückenden Gegenwart der Israelis gerettet zu haben, was sich jedoch als Trugschluss erwies; im heraufziehenden neuen Jahrtausend drohten diese stolzen Bastarde, ein integraler Bestandteil der westlichen Hemisphäre zu werden. Dutzende Hummus- und Falafel-Buden sowie Stände für allerlei Kerne und Nüsse boten ihre Ware in den Städten feil, allesamt verziert mit den *Koscher*-Schildern, um das hebraistische Schlemmermaul willkommen zu heißen. Wieder war ich umgeben von Horden schriller Barbaren. Für die Menschen in Europa, an Zuwanderung jeder Art gewöhnt, stellten diese Zigtausend eine unwillkommene Novität dar, praktizierten sie doch eine bisher unbekannte und äußerst unhöfliche Art der Asylsuche. In vielerlei Hinsicht drückte diese rüde Idiotie nichts anderes aus als das völlige Missverständnis des biblischen Konzepts von der Auserwähltheit. Meine Heimat, stolz auf die Aufgabe, die alten jüdischen Klischees endgültig aus der Welt zu schaffen, hatte sich am Ende ihrer Tage selbst in ein Gewächshaus für all diese morbiden Leiden verwandelt.

Ahnungslos stolperten die Israelis dank ihrer ultra-auserwählten Brüder wieder hinein in das Vorurteil vom religiösen Fundamentalismus und der kapitalistischen Obsession. Abermals versammelten sich rechte Fanatiker in schwülen Bierkellern, skandierten Schmähsprüche und belebten ihre altgediente Ideologie. Es war nicht leicht für mich, meinen Landsleuten zuzusehen, wie sie sich selbst erniedrigten. Doch konnte ich nichts tun, denn selbst für die Kritiker Israels war ich zum Feind geworden.

Jahrelang quälte ich mich mit der Frage herum, ob ich genug unternommen hatte, um meine Freunde und meine Familie vor dem Unheil zu retten. Bereits mit Ende dreißig hatte ich das Pfeifen des herabsausenden Beils vernommen, das meiner irrenden Seele den Schlaf raubte. Wann und wo immer sich eine Diskussion zu diesem Thema entfachte, holte der Kreis meiner eitlen Freunde die verschiedensten Argumente gegen die Flucht hervor, Argumente, die es wahrscheinlich wert sind, an dieser Stelle noch einmal erwähnt zu werden. Denn, um dem Denkmodell Professor Schar'abis zu folgen, wenn wir das Festhalten der Beschnittenen an Erdschollen, die nicht die ihren sind, verstünden, so würden wir auch die jüdische Neigung verstehen, sich wie Lämmer abschlachten zu lassen. Wie kam es dazu, dass meine Freunde es vorzogen, eine derart baufällige Mauer gegen eine schwarze Wirklichkeit zu errichten, die wieder mal direkt vor ihren Augen entstand? Die Argumente, die mir meine Freunde entgegenhielten, zeichneten sich in der Regel durch einen eklatanten Mangel an Logik aus. Das dümmste Argument wurde für gewöhnlich von Dalia geäußerst, der Freundin des verstorbenen Alberto: »Wenn du und ich und alle weggehen würden, wer würde dann bleiben?«

Dieses Argument, das mich wegen seiner Schlichtheit schier sprachlos machte, leidet an einem grundlegenden Fehler. Wenn du und ich und alle weggehen würden, würde natürlich niemand bleiben. Wenn niemand bliebe, würde sowieso niemand da sein, um über das Ausmaß des Bleibens zu berichten. Wenn man diesen Gedankengang weiter vertieft, so kommt man zu dem Ergebnis, dass es reicht, wenn lediglich ich selbst nicht bleibe, um nicht zu wissen, wer schließlich geblieben ist. Wer nicht zum verbliebenen Rest gehört, hat keine Ahnung davon, wie sich der Rest zusammensetzt.

Fragt Herrschl den Jankl: »Sag, Jankl, warst du schon in Yad Vashem?«[4]

Und Jankl antwortet unschuldig: »Nein, noch war ich nicht in Yad Vashem.«

Da fragt Herrschl: »Wenn du nicht in Yad Vashem warst, woher nimmst du dir das Recht zu behaupten, du warst nicht in Yad Vashem?«

Und tatsächlich, um sicher festzustellen, dass er nicht in Yad Vashem gewesen war, hätte Jankl in Yad Vashem gewesen sein müssen, um mit eigenen Augen zu sehen, dass er nicht dort gewesen war. Wenn ich nicht bei dem geretteten Rest der Schafherde blieb, wie sollte ich dann wissen, wer blieb?

In der existenziellen Logik des auserwählten Volkes bleiben alle und gehen alle zusammen in den Tod, damit sie mit eigenen Augen feststellen können, wer übrig geblieben ist. Die Logik der Assimilation, weit entfernt vom Schlachthaus, erscheint mir da wesentlich reizvoller; wenn Zwickmich und ich ans Meer gehen, ertrinkt immer nur Zwickmich, und ich bleibe übrig.

[4] Anmerkung des Herausgebers: *Yad Vashem* – eine Gedenkstätte, die seinerzeit zum Andenken an die Opfer des Holocaust errichtet wurde. Die Gedenkstätte entstand an der Peripherie Jerusalems, auf dem Boden des ausgelöschten arabischen Dorfes Ein Karem. Heute dient dieser Ort als allgemeine Gedenkstätte und heiligt als solche das Gedenken an alle Opfer, wo immer sie zu Opfern wurden.

Mit Ausnahme meiner Lola blieben alle meine Freunde und meine Familie in der Todesfalle sitzen, gefangen in der fatalen Logik opportunistischer Neugier. Ich, der ich mir die äußerst bequeme Logik der Assimilation zu eigen gemacht hatte, saß vor dem Bildschirm und betrachtete ihren demütigenden, ehrlosen Tod. Einerseits war ich amüsiert, andererseits voll schmerzlicher Trauer, handelte es sich doch um meine Freunde von früher und vielleicht die einzigen, die ich je hatte.

21

Wie erwartet, nahm ich die Einladung an und reiste zur Konferenz nach Palästina. Anlässlich der Feierlichkeiten zum fünfundzwanzigjährigen Jubiläum des Palästinensischen Staates veranstaltete die Arabische Akademie für Verhaltensforschung eine Vortragsreihe zum Thema *Angewandte Peepologie im modernen Nahen Osten*. Der Direktor der Akademie, mein ehemaliger Schüler Professor Antoine El Said, mittlerweile eine Art Schlüsselfigur in der peepologischen Forschung, bestand auf meiner Teilnahme an den Eröffnungsfeierlichkeiten.

Professor El Said ist in der Tat einer der faszinierendsten Vertreter unseres Forschungsgebiets. Zunächst machte er sich mit seinen Arbeiten über die Themen Identität und Exil einen Namen. Gegen Ende des vorigen Jahrhunderts entwickelte er einige sehr interessante Konzepte bezüglich der Zwangsvertreibung ganzer Populationen. Er selbst entstammt einer Flüchtlingsfamilie aus Lod, wurde im libanesischen Flüchtlingslager Sabra geboren und emigrierte als Kind mit seinen Eltern nach Deutschland. Nachdem er seine Diplom-Prüfung in Psychologie an der Nürnberger Universität mit Auszeichnung bestanden hatte, wandte er sich der peepologischen Forschung zu, damals noch in ihren Anfängen. Später promovierte er an der Universität Beirut, einem einflussreichen peepologischen Zentrum, über den palästinensischen Traum von der Rückkehr, zu jener Zeit noch einer der feuchtesten Träume, die sich denken ließen.

Unter den Delegierten der Konferenz befanden sich die bedeutendsten Peepologen der führenden Forschungszentren in aller Welt. Ich selbst, der ich mich inzwischen nicht mehr aktiv an der peepologischen Forschungsarbeit beteiligte, war dennoch sehr daran interessiert, dieser einzigartigen Einladung Folge zu leisten. Trotz meines Alters und meiner Hinfälligkeit begeisterte mich die Aussicht darauf, mein Land nach vier Jahrzehnten der Abwesenheit wiederzusehen – heimzukehren in das Land meiner Kindheit, zum Duft all der aromatischen Gewürze, zu den Olivenbäumen, der erfrischenden Kargheit; zurückzukehren in meine Heimat, zum ewigen Frühling, zum Bund von Mensch und Ort, zum Schmerz, der, wie die allererste Liebe, in die Ferne entschwebt bis ans Ende aller Tage.

Als Erstes musste ich mir ein Flugticket kaufen. Den Gedanken, mit der nationalen palästinensischen Fluggesellschaft Jas-Air zu fliegen, empfand ich als große Ehre, andererseits war die Souveränität Palästinas noch immer vollkommen neu für mich. Zu jener Zeit, als ich den Kontakt zu meinem Heimatland einstellte, betrachteten meine Landsleute die Palästinenser noch als »bekiffte Kellerasseln in einer Flasche«. Und nun würde ich zurückkehren, nicht auf den Flügeln entrückter Käfer, sondern auf den Schwingen der Adler, die in ihre Nester zurückkehrten.

Am Flughafen überraschten mich die vielen Flüge, die täglich nach Palästina gingen. Neben meinem eigenen Flug gab es noch einen Charterflug der Tochtergesellschaft Air Afat sowie einen späten Flug der Ra'is Airlines. Selbstverständlich zollten die Palästinenser ihrem nationalen Führer, der ihnen die ersehnte Freiheit und den eigenen Staat endlich ermöglicht hatte, den ihm gebührenden Respekt. Auch das war neu für mich. Als ich meinen Staat damals verließ, war dieser Führer noch »ein Mann mit Haaren im Gesicht«; was uns lehrt, dass auch Menschen mit Haaren im Gesicht unseren Respekt verdienen. Immerhin konnte sich auch der Vater des Zionismus nicht über zu wenige Haare im Gesicht beklagen.

Bevor ich an Bord ging, wurde ich von einer Bodenstewardess, die ein traditionelles *Biladi*-Kleid trug, höflich gefragt, ob der verehrte Herr seinen Hummus lieber mit Pinienkernen oder mit dicken Bohnen hätte ... ob mit Ei oder ohne ...

Es war ein äußerst erhebendes Gefühl für mich, in zehntausend Metern Höhe zwischen etwa zweihundert Hummus futternden Mitreisenden zu sitzen. Ein Erlebnis zum Bäumeausreißen. Im hinteren Teil dieser Maschine der Boeing-Airbus GmbH befand sich ein spezieller Backsteinofen, der für die laufende Versorgung mit heißen Pitta-Broten sorgte. Als wir landeten, begrüßte uns der Pilot über den Lautsprecher der Maschine, im Hintergrund begleitet von den melodischen Klängen einer *Oud*, von herzerweichenden *Darbuka*-Rhythmen und anrührenden *Biladi*-Gesängen.

Noch bevor ich das Flugzeug verließ, streifte mich eine Brise jenes mediterranen Windes, der die Trägheit des Frühlings und den Duft des Wachstums trägt, ein Duft, den nur ein Kind des Mittelmeers in all seinen Nuancen erkennen kann; ein süßer Duft, der einem sanft in der Nase sticht, so sanft, als würde man sich mit einem Streichholz in der Nase bohren – einem brennenden Streichholz.

Das Wiedersehen mit Antoine gestaltete sich äußerst angenehm. Während der vielen Jahre, in denen wir uns nicht gesehen hatten, war sein Leben von einigem Erfolg gekrönt worden. Er wartete am Gate auf mich, noch vor der Passkontrolle. Da ich laut Pass ein *Ibn Isa'ak* bin (so werden meine Landsleute von den neuen Machthabern genannt), hätte ich normalerweise eine Reihe von Befragungen und peinliche Körpervisitationen über mich ergehen lassen müssen. Der palästinensische Grenzschutz versuchte, die Ibn-Isa'ak-Flüchtlinge daran zu hindern, in ihre Heimat zurückzukehren. Mir blieb diese unwürdige Prozedur erspart, und so landete ich bald in einer voll klimatisierten Dienstlimousine, einem Peugeot 404 Reissue, jenem Auto, das seinerzeit zum Symbol des palästinensischen Freiheitskampfes erkoren wurde. Wir machten uns auf den Weg zum Gästehaus der sich an den Hängen des Skopus-Berges befindenden Universität Al Quds.

Unsere Route führte uns durch den westlichen Teil der Heiligen Stadt, der sich in ein dicht gedrängtes, urbanes Ghetto verwandelt hatte. Viele meiner Landsleute waren in ihrer nun unter palästinensischer Führung stehenden Heimat geblieben – jene Bemitleidenswerten, die nicht rechtzeitig um ihr Leben hatten fliehen können, und solche Dummköpfe, die mit ihren Immobilien derart eng verbunden waren, dass sie selbst zu Immobilien geworden waren. Diesen Immobilien-Menschen galt mein besonderes Interesse. Zu ihnen zählten auch einige meiner Freunde und Familienmitglieder. Die pathologische Abhängigkeit von Besitz war mir schon immer ein Rätsel gewesen, zumal die meisten Anwesen kurz vor dem Untergang Zions ohnehin an Wert verloren hatten. Es gibt in der Tat kein zuverlässigeres Anzeichen einer nahenden Katastrophe. Die Ibn Isa'aks beschäftigten sich trotzdem bis zum Schluss mit dem Kauf und Verkauf von Wohnungen und Häusern. Sie zogen von einer Einzimmerwohnung in eine Zweizimmerwohnung, von dort aus in eine Dreizimmerwohnung mit dreistufiger Klimaanlage. Dann zogen sie erneut um und fanden sich in einer anderen Dreizimmerwohnung wieder, diesmal mit dreistufiger Klimaanlage und zwei Luftschutzkellern. Danach in ein frei stehendes Haus mit viel Land drumherum, das gerade als besonders günstige Investition feilgeboten wurde. Als sie dann endlich in das Haus ihrer Träume gezogen waren, mussten sie feststellen, dass ihre Besitztümer mitsamt ihrem Staat den Bach runtergegangen waren. Bei all der Umzieherei von einer Siedlung in den nächsten Wohnbunker, von einem Heim in die nächste Residenz, hatten sie gar nicht bemerkt, wie sich ihr Staat langsam auflöste. Während sie sich an ihren Besitz festkrallten, verwandelten sie sich über Nacht von arroganten Herren in mittellose Leibeigene. Was hat die israelischen Juden bloß mit solch einer Blindheit geschlagen?

Nachdem er mir die Pracht der palästinensischen Hauptstadt

gezeigt hatte, schlug El Said vor, sich zum Abendessen im Restaurant des amerikanischen Hotels bei Scheich Jarrach zu treffen. In meinem Zimmer setzte ich mich vors Fenster und schaute auf die Wüste hinunter, die sich unterhalb des Hotels bis zum Horizont erstreckte. Ja, ich bin wieder zu Hause, ich betrachte die Landschaft meiner Kindheit, die Hügel, auf denen ich zusammen mit den Lieben meiner Jugend herumgetollt bin und die ich während meiner militärischen Grundausbildung erstürmte. Hier stehe ich nun vor den endlosen Dolomit- und Kreidehügeln, die bis ans Ende der Welt führen. Voll reinster Bergluft und zum Klang der Glocken schlief ich ein.

Ich träumte von Avischag und Alberto, daran erinnere ich mich genau. Alberto und ich stürmen die Kreidehügel hinauf, bis zum Horizont. Plötzlich hält Alberto inne, woraufhin auch ich innehalte. Alberto dreht sich zu mir um, schaut mir in die Augen und bricht in schallendes Gelächter aus; er lacht wie einst, dieses rollende Lachen, und auch ich lache plötzlich mit. Wir lachen stundenlang, bis sich unsere Blicke treffen und wir weinen müssen, weinen, wie wir noch nie geweint haben. Aus dem Traum heraus wird mir klar, dass Alberto und ich nie zusammen geweint haben. Eigentlich habe ich überhaupt nie geweint. Jetzt, in diesem Traum, weine ich mir die Tränen eines ganzen Lebens zusammen, und wir fallen einander in die Arme. Dann, ganz plötzlich und weil sich unsere Blicke erneut begegnen, fängt Alberto wieder an zu lachen, und auch ich lache wieder. Wir lachen und weinen und lachen und weinen – und auf einmal lacht Avischag mit uns.

Ein Klopfen an der Tür riss mich aus meinem Traum. Erschöpft wachte ich auf, immer noch vor dem Fenster sitzend, tränenüberströmt und schweißgebadet. Ich erhob mich und öffnete die Tür. Antoine schien besorgt ob meines desolaten Zustands, konnte aber die emotionale Qual, die ich gerade durchlebt hatte, sofort nachempfinden. Nachdem ich mir mein Gesicht gewaschen und das Hemd gewechselt hatte, gingen wir hinunter ins Foyer. Im Restaurant bestellte Antoine für uns beide *Tamarhindi* mit Rosenwassergeschmack und begann, mir sofort und ohne Umschweife die Bedeutung der Konferenz auseinander zu setzen sowie die Gründe, die ihn dazu bewogen hatten, mich einzuladen. Es stellte sich heraus, dass die palästinensische Regierung entschlossen war, nicht die gleichen fatalen Fehler zu begehen, die zum Zusammenbruch Zions geführt hatten. Die palästinensischen Politiker bestanden darauf, eine Bürgerrevolution anzufachen, mit dem Ziel, eine Gesellschaft Gleichberechtigter zu schaffen, in der alle Volkstämme in gegenseitigem Respekt und Seite an Seite leben sollten. Antoine setzte mich darüber in Kenntnis, dass die im Land verliebenen Ibn Isa'aks es allerdings vorzogen, sich in ihre Siedlungen zurückzuziehen und, von kleinen kriminellen Ausflügen abgesehen, jede Interaktion mit den anderen ethnischen Gruppen zu vermeiden. Die jüdischen Siedlungen, wie zum Beispiel *Djebbel Al Fransaui* und *Djebbel Eschkol*, waren zu einer Ödnis voller geklauter Autos verkommen. Antoine beharrte darauf, dass es mit Hilfe der angewandten Peepologie möglich sein würde, die seelischen Wunden der Palästinenser auf Dauer zu heilen, so dass sie die Ibn Isa'aks als gleichberechtigte Bürger akzeptieren könnten. Ich fühlte das dringende Bedürfnis, mich zurückzuziehen. Ich versprach, mir zu diesem Thema ein paar Gedanken zu machen, und beeilte mich, in mein Zimmer zu kommen.

Während der Nacht, die ich im Sessel vor dem offenen Fenster verbrachte, durch das ein leiser Wüstenwind hineinwehte, sandte der Mond sein Licht auf die Gipfel und Türmchen. Zum Ruf des Muezzin tauchte ich wieder ein in meine verlorene Welt. Ich liege nackt in der Wüste. Avischag unter mir. Ich beiße in ihren Hals und vögle sie mit aller Macht. Meine Hoden reiben sich am Kreidefelsen, und meine Finger, die ihren kleinen Hintern vor dem Felsen und dem dornigen Kaktus schützen, sind voller Schnittwunden, Wunden im lebendigen Fleisch. Ich fahre fort, sie zu vögeln, erbarmungslos wie ein waschechter Macho.

Sie schreit, und ich versuche, sie zu beruhigen; immerhin vögeln wir auf feindlichem arabischen Gebiet. Blut rinnt meine Finger hinab, die Nägel sind gebrochen, ausgerissen. Am nächsten Morgen wache ich unversehrt auf.

Ich dusche und gehe dann hinunter zur Eröffnungsveranstaltung. Ich sehe all jene, die mein Andenken ehren, obwohl ich noch am Leben bin. Ich treffe Wolfgang von Hausmann und viele andere meiner Schüler. Doch auch sie sind nicht mehr jung. Ich sitze am Kopfende des für das Präsidium vorgesehenen Tisches, während um mich herum komplizierte peepologische Diskussionen geführt werden, deren Sinn mir völlig entgeht. Sie schweben über meinem Kopf wie luftige Wolkenfetzen, nicht schwer genug, um in mein welkendes Hirn zu sinken. Professor El Said verkündet den Teilnehmern der Konferenz das zentrale Thema: *Die Etablierung einer bürgerlichen Gesellschaft von Gleichberechtigten im Spiegel der Peepologie*. Ich möchte in den Sessel meines Lebens zurück, um dort mit Alberto zu weinen und mit Avischag zu vögeln. Ich bin alt, meine Reputation ist gesichert, ich habe also jedes Recht der Welt, zu gehen und mich in mein Zimmer zurückzuziehen.

Ich stehe vor dem Fenster meines Lebens. Es ist spät am Vormittag, kurz vor Mittag. Eine Herde schwarzer Ziegen trödelt den Berghang hinab. Ich lausche konzentriert, und es gelingt mir, den Laut eines Zickleins und das leise Klingeln seines Glöckchens auszumachen. Ich setze mich in den Sessel und warte auf Alberto und Avischag. Ich atme die Luft Jerusalems, die durch die Nase in mein Hirn dringt und dort von innen über die Haarwurzeln streicht. Ich träume bereits. Eine kleine Undeutlichkeit, und schon bin ich wieder nackt, springe über die Hügel, schaue in den Himmel, renne wie ein Narr. Was treibe ich dort? Selbst ich, der Träumende, verstehe das nicht genau. Ein paar Sekunden später jedoch klärt sich alles auf: Dieses Mal ist es Margarete, meine aufblasbare Puppe, die in der Luft fliegt wie ein Ballon, den man freigelassen hat. Meine Margarete fliegt im Zickzackkurs hin und her, taucht hier und da ab, streift fast den Erdboden, um dann wieder hoch in die Lüfte zu steigen. Ich tänzele ihr nackt hinterher, und sie, die unaufhörlich neckende Illusion, lässt nicht ab, kehrt zurück, fliegt hoch, landet nie. Ich fühle mich gedemütigt in meiner Nacktheit, eine kleine Insel inmitten einer Herde von Ziegen, die an meinen bloßen Beinen lecken. Meine Augen gen Himmel gerichtet, verfolge ich Margaretes andauernden Flug, während ein Beduinen-Hirte die Szene sichtlich amüsiert beobachtet. Voller Schreck starre ich ihn an und bedecke meine Scham. »Margarete, hau sofort ab aus meinem Traum!«, schreie ich in meinem Sessel. »Ich will Alberto, ich will Avischag.« Und sie, bis in den Abgrund ihrer Seele getroffen, schießt entschlossen zu Boden und schlägt auf meinen Kopf; dann schwingt sie sich wieder auf in schwindelnde Höhen. Ich verstecke mich, und sie lauert. Wie hatte sich Margarete von einer aufblasbaren Deutschen in einen syrischen Bomber verwandelt?

Das Telefon klingelt. Zu meiner Überraschung bin ich nackt, und mein vergessener Stolz steht erstaunlich aufrecht. Eine derartige Erektion habe ich schon lange nicht mehr erlebt. Ich erinnere mich nicht, mich ausgezogen zu haben, und ich habe das leise Gefühl, dass ich anfange zu spinnen, doch ich genieße jeden Augenblick. Das Telefon klingelt weiter, und ich bin gezwungen, mich von meinem Sitz zu erheben und hinzugehen, nur um mich dieser lästigen Störung zu entledigen. Am anderen Ende der Leitung besteht Antoine darauf, dass ich die Konferenz mit meiner Gegenwart beehre und meine Meinung zu den methodologischen Vorschlägen zur Lösung der sozialen Probleme in Palästina äußere. Ich verspreche, an der Abendveranstaltung teilzunehmen, die gleichzeitig auch die letzte und abschließende sein wird. Vorerst aber kehre ich zum Fenster zurück und dem Schattenreich meines Lebens. Ein Nachmittag in der Wüste, wenn der Tag langsam träge wird, kein Mensch, kein Tier. Ich sinke wieder in den Sessel, schließe meine Augen und schlafe ein. Diesmal träume ich nicht, oder zumindest erinnere ich mich nicht.

Am Abend ging ich in den Konferenzsaal hinunter, neugierig auf die verschiedenen peepologischen Lösungsvorschläge. Mein brillanter Schüler Wolfgang von Hausmann lieferte eine faszinierende Analyse des Problems der jüdisch-arabischen Disintegration. Er machte die Teilnehmer auf die banale Tatsache aufmerksam, dass auf der sub-textuellen Ebene die Eroberung eine gewalttätige, sexuelle Interaktion zwischen Eroberer und Erobertem, zwischen Sieger und Vergewaltigungsopfer darstellt. Zugespitzt ist die Eroberung also ein körperliches Schlachtfeld, auf dem sich die Frauen der Besiegten der unbezähmbaren Gier des Siegers opfern. Der Eroberer wird zur instinktgesteuerten Streubombe und vergewaltigt alles, was sich ihm in den Weg stellt.[5] Die Lorbeerkränze seines Heldentums entreißt der Eroberer der Eroberten, die leise wimmernd und hilflos ihre Beine unter ihm breit macht.

Es lag nichts Abstoßendes oder Beunruhigendes in dieser peepologischen Betrachtungsweise, sie verdeutlichte lediglich ein Faktum, das auf keinen Fall ignoriert werden darf. Während des deutschen Blitzkrieges forderten die deutschen Soldaten die Früchte ihres Sieges auf der Erde Russlands ein. Sie vögelten sich durch bis nach Moskau und hinterließen am Wegesrand ausgebrannte, gebrochene Frauen. Als sich das Blatt gewendet hatte, zahlten es ihnen die Soldaten der Roten Armee heim, indem sie die Saat des Stalinschen Zorns in jede junge deutsche Gebärmutter pflanzten, derer sie auf dem Weg nach Berlin habhaft werden konnten.

So weit die Sachlage im Westen. Im Nahen Osten hingegen existieren keine solchen Berichte über gewalttätige sexuelle Aktivitäten seitens der Militärs. Die Armee der arabischen Legion

[5] Anmerkung des Herausgebers: Manchmal sogar unschuldige Schafe und anderes landwirtschaftliches Vieh.

widerstand jeder Versuchung, die Töchter Ramat Rachels zu vergewaltigen, und die Soldaten der Zionistischen Armee mieden gänzlich jeden körperlichen Kontakt mit den Töchtern Palästinas, ob nun erlaubt oder verboten. Es liegt auf der Hand, hierin einen Beweis für die hohe moralische Haltung der verfeindeten Parteien zu sehen, was die peepologische Interpretation allerdings entschieden anzweifelt. Nach Wolfgangs Einschätzung liegt dieser Art der sexuellen Enthaltung vielmehr eine tiefe gegenseitige Missachtung zugrunde. So, wie wir von einem Hund nicht erwarten würden, dass er ein Kamel vögelt, so weigert sich der Araber, die jüdische Frau zu vögeln, und umgekehrt. Im Nahen Osten gibt es eine deutliche Abneigung seitens der verfeindeten Parteien, sich als gleichberechtigte Mitglieder der großen Familie der Menschen zu betrachten. Um dieses seltsame Problem zu lösen, um den Prozess der gegenseitigen Anerkennung des anderen als Mensch in Gang zu bringen, schlug Wolfgang vor, die integrative sexuelle Aktivität notfalls zwangsweise zu initiieren, indem man offizielle Vergewaltigungstage von den Behörden organisieren und beaufsichtigen ließe: An Sonntagen und mittwochs würden die Töchter Isa'aks von ihren Vettern vergewaltigt, und an den Dienstagen und Donnerstagen die Töchter Ismaels von den Söhnen Isa'aks. Mitglieder der Drusischen Gemeinde, Kollaborateure wider Willen und eine Art Zünglein an der Waage, bekämen die Erlaubnis, an jedem Tag des Jahres zu vergewaltigen und vergewaltigt zu werden.

Das war meines Erachtens eine durchaus interessante und auch praktikable Lösung. Ich brachte meine Unterstützung zum Ausdruck, ging in mein Zimmer, packte meine Sachen, blickte ein letztes Mal aus meinem privaten Fenster der Möglichkeiten und verabschiedete mich von Avischag und Alberto. Sie lächelten mir zu, wehmütig und voller Verständnis, denn tief in ihrem Inneren wussten sie, dass ich nicht für immer bei ihnen bleiben würde. Margarete war noch immer dabei, die Landstreitkräfte zu unterstützen, indem sie sich nach oben gleiten ließ, in die

Schräglage begab und nach unten stürzte. Ich zeigte mit dem Daumen nach oben, so wie es das Bodenpersonal tut, und winkte ihr zum Abschied zu. Ich bedachte Avischag und Alberto mit einem letzten freundlichen Blick und sah, wie sie Hand in Hand dem Horizont entgegenschritten. Dann machte ich mich auf den Weg zum Flughafen und zurück nach Deutschland.

22

E-Mail an Professor Friedrich Schar'abi

12.1.2032

Lieber Professor Schar'abi,
Sie werden vermutlich niemals ermessen können, wie dankbar ich Ihnen dafür bin, dass Sie so hartnäckig versucht haben, mich davon zu überzeugen, die Geschichte meines Lebens niederzuschreiben. Seit dreieinhalb Monaten wache ich morgens auf und eile voller Elan an meinen Schreibtisch.

Zu Beginn hatte ich immense Bedenken gegen Ihr Projekt, doch dann erschloss sich mir die verborgene Absicht Ihrer Methode. Ich muss zugeben, dass jetzt, da mein Lebenswerk immer längere Schatten wirft, meine eigenen Erfahrungen mir eine Lektion erteilen, die, hätte ich sie früher gelernt, mein Leben in andere Bahnen gelenkt hätten.

Vor dreieinhalb Monaten, als ich mit dem Schreiben begann, tat ich dies in der Absicht, einen vollständigen und chronologischen Bericht über mein Leben zu verfassen. Bedauerlicherweise hat sich mein gesundheitlicher Zustand in der letzten Zeit derart verschlechtert, dass ich ärztliche Hilfe in Anspruch nehmen muss. Laut meiner Mitmenschen lässt zudem auch mein Geisteszustand inzwischen zu wünschen übrig. Ich gehe meiner Umgebung mehr und mehr auf die Nerven und bin überdies mittlerweile eine willkommene Zielscheibe für allerlei Hohn und Spott. Gestern, zum Beispiel, betrat ich ein McDonald's-Restaurant hier in der Gegend, nicht weit vom Weimarer Platz, und bestellte ausdrücklich »Rindsfußsülze mit rotem Meerrettich, keine Pommes frites und eine große Cola«. Im Nachhinein ist mir klar, dass dies wohl ein etwas exzentrisches Ansinnen war. Na, und wenn schon, verdammt. Lola, die alte Hexe, stand bloß daneben, schaute betreten und tat so, als hätte sie mit mir nichts zu schaffen. Seit meiner Rückkehr aus Palästina letzte Woche leide ich unter kaum bezähmbaren nostalgischen Heißhunger-Attacken. Ich lechze nach einer Portion *Sabiach*.[6] Ich

[6] Anmerkung des Herausgebers: *Sabiach* – ein traditionelles Gericht aus Ramat Gan, eine einzigartige gastronomische Komposition, die über keinerlei gesundheitsfördernde Eigenschaften verfügt. Der Tradition entsprechend setzt sich ein *Sabiach* aus fünf verschiedenen Zutaten zusammen, von denen jede ihren Ursprung in einer anderen Kultur hat: 1. Aubergine (stammt aus der Türkei); 2. Hummus (stammt aus der Sahara); 3. Mango-Chutney (ist eine Delikatesse aus Südost-Indien); 4. Ei (stammt vom Huhn) – ganz besondere Erwähnung verdient nun die fünfte Zutat, das Pitta-Brot, in die alle vier oben genannten Zutaten hineingestopft werden und die aus dem Weltraum kommt. Die neo-post-jungianische Gastro-Forschung vertritt die Auffassung, dass das Pitta-Brot den entscheidenden Beweis für den weitreichenden Informationsaustausch zwischen dem Alten Orient und den Außerirdischen darstellt. Die jüdische Variante des Pitta-Brots erinnert tatsächlich an eine fliegende Untertasse, und zu jener Zeit pflegte man viel mehr Nahrung hineinzustopfen, als es das Fassungsvermögen eigentlich zuließ. Aus diesem Grund ist das Pitta-Brot ein physikalisches Geheimnis, das noch niemand ergründet hat. Als wäre das allein noch nicht genug, um unsere Neugier anzufachen, so muss zudem festgestellt werden, dass, nachdem das Pitta-Brot so vollgestopft war, dass man damit eine kleine Armee hätte ernähren können, der auf sich gestellte Gourmand, breitbeinig und nach vorn gebückt, seine Zähne hineinstieß und es binnen Sekunden erledigte – ohne einen einzigen Hinweis zu hinterlassen, ob es je in seinen Magen gelangt war. Das Pitta-Brot ist demnach also das schwarze Loch der orientalischen Kultur, eine Energieeinheit von ungeahnten Ausmaßen. Der Gourmand verschlang sein Pitta-Brot in derart kurzer Zeit, dass Sauce und Gemüsestückchen zwischen seinen Beinen auf den Boden kleckerten und sowohl öffentliches Eigentum als auch die eigenen Hosen und Schuhe beschmutzten. Wenn wir die Annahme akzeptieren, dass *Sabiach* eine kosmische Begegnung zwischen den Kulturen darstellt, so müssen wir die verborgene Bedeutung des scheinbar harmlosen Namens des großen *Sabiach*-Warenhauses in Ramat Gan erneut einer eingehenden Prüfung unterziehen. »Zentralzionistischer Sabiach-Treff« scheint die Schlussfolgerung zuzulassen, dass der Ort wohl eher ein Platz als ein Restaurant war. Möglicherweise handelte es sich aber auch um einen intergalaktischen Treffpunkt, eventuell sogar um das eigentliche Zentrum der Milchstraße.

will in einem Fass voller Chutney baden und mich durch einen riesigen Berg frischer Mangoscheiben futtern. Ich wünschte, ich könnte in Gummistiefeln über endlose Saubohnenfelder waten. Am liebsten aber würde ich in die See der gastronomischen Erinnerungen stechen, mich auf einer weichen Pritsche aus Karotten zurücklehnen, die Hände ans Steuer meines Gefilte-Fisch-Zerstörers legen und mir auf diese Weise einen Weg durch die tosenden Wellen gesalzener Nüsse und Mandeln bahnen.

Um zur Sache zu kommen: Morgen lege ich mein Schicksal in die Hände von Ärzten, die versuchen werden, der Ursache meines so beharrlich dahinsiechenden Verstandes auf den Grund zu gehen. Ich will Ihnen auch nicht verschweigen, dass Lola und Gustav alles in ihrer Macht Stehende tun, um mich loszuwerden. Lola hasst mich und schämt sich meiner, und Gustav, zerfressen vom Ehrgeiz auf eine große Karriere, will, dass ich aus seinem Blickfeld und am besten auch gleich aus seinem Leben verschwinde. Übrigens ist es nicht unwahrscheinlich, dass er in etwa einem Jahr zum Chefkommandeur der Luftwaffe befördert wird.

So komisch oder auch unsäglich es klingen mag: Alle meine früheren Bewunderer wenden sich von mir ab, und das auch noch öffentlich. Tatsächlich sind Sie, Friedrich, wohl der einzige Mensch auf der Welt, der noch irgendein Interesse an mir zeigt. Ich erbitte kein Mitleid, muss Sie aber um Nachsicht ersuchen, dass ich die Niederschrift meiner Lebensgeschichte nicht vollenden werde.

Ich bringe nun noch ein paar letzte Korrekturen ein, und ab morgen sind Sie jederzeit herzlich willkommen, sich hier in meinem Haus das gesamte Material abzuholen. Ich hoffe, Sie werden darin finden, was Sie suchen.

Ich selbst werde dann schon an einem anderen Ort sein.

Ihr Gunther

PS: Sollten Sie es für richtig erachten, meine Erinnerungen zu veröffentlichen, wäre ich Ihnen dankbar, wenn Sie ihnen den Titel *Anleitung für Zweifelnde* gäben. Wenn man überhaupt eine Lehre aus meinem Leben ziehen kann, dann besteht sie in der Erleuchtung, die von jenem Zweifel ausgeht, der der frenetischen, gedankenlosen Existenz aller »Erwählten« innewohnt. Mein Interesse, die Quellen der Intoleranz meiner eigenen Landsleute zu ergründen, führte mich zu Rabbi Mosche Ben Maimon, dem ruhmreichen Arzt, der dazu aufrief, die Liebe zu Gott den menschlichen Werten vorzuziehen, und die Heiligkeit des Sabbats dem Leben eines Heiden.

Nachwort von Professor Friedrich Schar'abi

Am folgenden Tag ging ich, seiner Bitte entsprechend, zum Haus von Professor Wanker, um den Lebensbericht abzuholen, der dem geneigten Leser hier vollständig vorliegt. Später stellte sich heraus, dass Professor Wanker, der sein Haus an jenem Morgen verlassen hatte, um einen Krankenhaustermin wahrzunehmen, niemals dort eintraf. Seither ist er spurlos verschwunden. Es gibt Aussagen, die behaupten, in den Wochen vor seinem Verschwinden, besonders in der Woche nach seiner Rückkehr aus Palästina, sei er zunehmend verwirrt gewesen und habe an einer für sein Alter durchaus nicht unüblichen Demenz gelitten. Daraus mag man schließen, dass tragische Umstände für sein Verschwinden verantwortlich sind. Doch auch das Gegenteil ist denkbar, weshalb im Gegensatz zur tragischen Auslegung auch ein optimistisches Szenario kursiert. Einige Forscher sind der Meinung, Professor Wanker sei vorsätzlich in die Rolle des Senilen geschlüpft, um auf diese Weise seine Verbindungen mit der Außenwelt besser kontrollieren zu können. Nach dieser Theorie wäre es durchaus möglich, dass Professor Wanker an jenem Morgen sein Haus verließ, um einen neuen Weg zu beschreiten. Diese Auslegung würde auch erklären, warum er, nachdem er aus Palästina zurückgekehrt war, die meisten seiner Bankkonten kündigte und sein Geld an einen unbekannten und nicht feststellbaren Ort transferierte.

Obwohl es für diese These keine eindeutigen Beweise gibt, haben sich im Laufe der Jahre doch zahlreiche Hinweise aus den verschiedensten Quellen angesammelt. Es gibt eine Menge Zeugen, die darauf beharren, Professor Wanker an diversen sonnenverwöhnten Urlaubsstränden gesehen zu haben – in Palästina, in der Karibik, in Miami Beach, in Thailand, in Südfrankreich, um nur einige Orte zu nennen. Es soll nicht unerwähnt bleiben, dass all diese Aussagen inhaltlich identisch sind: Sie schildern den alten Wanker, wie er, nur mit einem Sombrero auf dem Kopf, am Strand liegt, umringt von einer Gruppe junger Mädchen, die er mit seinen Theorien unterhält. Die Mädchen, so heißt es, neigten sich über seinen Körper, hockten auf seinen ausgestreckten Gliedmaßen und salbten ihn mit ätherischen Ölen. Er seinerseits revanchierte sich, indem er sie zwickte und in den Hintern biss, während sie kicherten und miauten wie kleine Kätzchen. Auch heute, zwanzig Jahre nach jenem Morgen, als er sein Haus verließ, erreichen derartige Schilderungen die peepologischen Zentren in aller Welt.

Sollten diese Berichte nicht der Wahrheit entsprechen, ist unzweifelhaft davon auszugehen, dass sich, direkt vor unseren Augen, ein neuer Kult entwickelt.

Die Polizei erbittet die Mithilfe der Bevölkerung

Professor Gunther Wanker wurde zuletzt am 13.1.2032 in der Nähe des Weimarer Platzes gesehen. Professor Wanker ist circa 72 Jahre alt und von mittlerer Größe und Statur. Augenfarbe: braun. Er verfügt über keine besonderen Kennzeichen, weshalb davon ausgegangen werden kann, dass er leicht und eindeutig zu identifizieren ist. Die Bevölkerung wird gebeten, wachsam zu sein und sachdienliche Hinweise über seinen möglichen Aufenthaltsort umgehend der nächstgelegenen Polizeiwache zu übergeben.

Abteilung: Vermisste Personen
Polizei Weimar

Aufgrund des großen Erfolges der ersten beiden Auflagen von *Anleitung für Zweifelnde* und des zunehmenden Interesses am Leben und Wirken von Professor Gunther Wanker haben wir uns entschlossen, die hier vorliegende Neuauflage um einige persönliche, darunter teilweise sehr persönliche, Briefe und andere Schriftstücke zu ergänzen und zum ersten Mal der Öffentlichkeit zugänglich zu machen.

Professor Friedrich Schar'abi

(Aus Professor Wankers Kummerkasten-Kolumne *Fragen Sie den Peepologen*, die in der angesehenen Monats-Zeitschrift *Peepologie heute* erschien)

Antwortschreiben an eine Frau, die von ihrem Ehemann wegen einer anderen Frau mit besonders großem Hintern verlassen wurde.

Liebe Friederike,
bevor ich Ihnen im Folgenden meinen Rat erteile, will ich Sie zunächst darauf hinweisen, dass ich über keine Wundermittel verfüge und dass meine bescheidenen Ratschläge sich stets im Rahmen der Peepologie bewegen. Als Erstes muss gesagt werden: Philip hat einen Fehler gemacht, und zwar einen gewaltigen Fehler. Es scheint so, als verfüge diese breithüftige Tussi über nichts weiter als einen fetten Hintern bar jeden Inhalts. Dies ist mein Eindruck nach der ersten Lektüre Ihres Briefes, und ich vermute, dass ich ihn auch nicht relativieren werde.

Was das Problem als solches angeht, die Tatsache also, dass breitärschige Frauen für Philip ein Katalysator zu sein scheinen, so müssen hier meiner Ansicht nach drastische und unmissverständliche Methoden zur Auflösung Ihres bisherigen partnerschaftlichen Arrangements zur Anwendung kommen. Wenn Philip seines momentanen Lebens tatsächlich überdrüssig ist und nun nach einer Veränderung sucht, so wird kein Bitten und Betteln irgendeinen Erfolg zeitigen; auf diese Weise werden Sie ihn nicht wieder nach Hause holen. Wenn sich die Situation also in der Tat so verhält – und es spricht einiges dafür –, dann muss das faule Fleisch unverzüglich entfernt werden, je früher, desto besser. Es gibt jedoch noch eine andere Möglichkeit, eine in meinen Augen durchaus realistische. Ich liege wohl nicht falsch mit der Annahme, dass Philip nicht in der Lage ist, seine eigenen Gedankengänge zu analysieren. Wenn dem so ist, dann wird er sich seiner eigentlichen Intentionen möglicherweise im Rahmen eines Vorgangs bewusst, der im Fachjargon als »negative Dialektik« bezeichnet wird. Diesem Konzept zufolge wird sich Philip seiner echten Empfindungen nicht durch die positive Erkenntnis gewahr, das heißt dadurch, dass er erkennt, was er in diesem Moment fühlt, sondern durch einen Mechanismus aus Kummer und Reue, der über kurz oder lang in seinem Bewusstsein entstehen wird. In diesem Fall geht Philip freiwillig (bewusst) im Treibsand unter, um dadurch sich selbst (unbewusst) zu erkennen, was ihm einige schmerzhafte (notwendige) existenzielle Verrenkungen abnötigt.

Meiner professionellen Einschätzung nach sollte diese unlösbare Gleichung möglichst rasch dem Papierkorb zugeführt werden. Wenn Philip gehen will, muss er sofort gehen. Wenn dies sein ehrlicher Wunsch ist, dann gibt es ohnehin keine andere Lösung. Wenn er allerdings auch nur ansatzweise von dem Wunsch getrieben ist, sich selbst zu quälen (aufgrund negativer Dialektik), dann sollte mit dem qualvollen Werk auch umgehend begonnen werden. Ich gehe davon aus, dass Kummer und Reue sich bereits innerhalb von wenigen Stunden nach Beginn der Zerstörung seines bisherigen Lebens einstellen werden, in der trostlosen Einsamkeit an der Seite seiner fettärschigen Geliebten. Ich rate Ihnen aber dringend, unbedingt jeden Kontakt mit ihm sofort einzustellen.

Wenn Philip einen Urlaub braucht, dann machen Sie doch selbst mal Urlaub. Gönnen Sie sich eine Affäre mit jedem, der Ihnen über den Weg läuft, und bitte vergessen Sie dabei nicht Ihren vorbildlichen Ratgeber in Berlin.

Darüber hinaus kann ich mich gut in Sie hineinversetzen und wünsche Ihnen, dass Ihr Kummer Ihnen ein erhebendes Erlebnis bereiten möge. Es ist durchaus möglich, durch das traurige Glück über kurz oder lang auch das große Glück zu finden.

Des zynischen Vergnügens halber möchte ich Ihnen abschließend sagen, liebe Friederike, dass man aus den vielen Briefen, die Sie mir geschrieben haben, schließen kann, dass Sie selbst sich stets als Sisyphus gesehen haben. Und nun, zum ersten Mal, werden Sie aufgefordert, den Stein bis zum Gipfel des Berges hinaufzutragen. Am Ende haben die Dauerlamentos dann doch einen Sinn.

Professor G. Wanker

*

Lieber Bill[7],
das hohe Maß an Gehässigkeit, das Ihnen in der letzten Zeit entgegengebracht wird, trifft mich zutiefst. Am meisten aber entsetzt mich das dumme Antlitz dieser fetten Schlampe mit dem fleckigen Kleid. Dieses Spektakel ist doch völlig absurd: Ein Mann Ihres Standes, der mächtigste Mann der Welt und außerdem zweifelsohne auch noch ein gut aussehender, treibt erotische Spielchen mit einer Frau, der es so offensichtlich sowohl an Charme als auch an Diskretion mangelt.

Ich kann Ihren analfixierten Impuls, eine Zigarre in einen Arsch zu stecken, durchaus verstehen, schließlich ist die Zigarre das phallische

[7] Zu jener Zeit war Wanker der vertrauliche Berater einiger der mächtigsten Politiker der Welt. Dieser Brief ist, ganz offensichtlich, Teil einer jahrelangen Korrespondenz zwischen Wanker und dem damaligen Präsidenten der Vereinigten Staaten von Amerika, einem extrem gut aussehenden Mann, dessen Intimitäten mit einem Mädchen jüdischer Herkunft großes öffentliches Aufsehen erregten. (F. Schar'abi)

Symbol für kapitalistischen Wohlstand schlechthin, während der fette Arsch außerhalb des symbolischen Spektrums rangiert. Der fette Arsch repräsentiert nur sich selbst. Deshalb, und mit Hilfe der einfachen analytischen Reduktion, bezeugen Ihre sexuellen Neigungen aufs Anschaulichste, dass Ihrer Meinung nach der Kapitalismus komplett für den Arsch ist. Ich pflichte Ihnen da aus vollem Herzen bei. Für mich, wie Sie wissen, ist die ganze Welt sowieso ein riesiges Arschloch.

Was nun den eigentlichen Grund meines Briefes angeht, nämlich die Beantwortung Ihrer Frage nach der Natur der Anziehung, die hässliche, monströse Frauen auf Männer wie uns ausüben, so kann ich Ihnen darauf eine ganz simple Antwort geben: Das Maskuline an sich gründet sich von Natur aus auf die beiden Faktoren Konflikt und Herausforderung. Wir durchqueren Wüsten, kämpfen mit Haifischen, springen aus Flugzeugen, fahren zu schnell und bei Rot über Ampeln und vögeln ohne Unterlass. Und warum vögeln wir ohne Unterlass? Nicht, weil wir das wollen oder brauchen, sondern weil an der Möse etwas Herausforderndes ist und am hin- und herwackelnden Hintern etwas Provozierendes, Verletzendes und Schmerzhaftes; etwas, das bezwungen und aufgespießt werden muss. Zu unserem Glück, und vielleicht liegt hier ein weiterer Beweis für die Existenz Gottes, zerfließt das weibliche Organ, sobald wir eintreten wollen, und empfängt uns mit einem Kelch voller Tränen des Verlangens. Und ebenso verhält es sich mit dem Hintern, der sich nach hinten reckt in Erwartung der eindringenden Erektion, die ihn wie ein Schwert zu durchbohren droht.

Die Anziehenden unter ihnen, von Natur aus spitznäsig und bösartig, schaffen es leicht, uns anzumachen. Doch genau darin liegt auch ihre Schwäche. Sie bedrohen uns nicht. Ein fester Hintern und spitze Brüste wirken auf uns wie ein vorübergehender Zauber. Wir sind bereit, an jedem Tag, zu jeder Stunde und bei jedem Wetter in sie zu dringen, nur weil wir ihrer unwiderstehlichen Schönheit verfallen sind. Die wirkliche Prüfung männlicher Tapferkeit lauert am Eingang der Höhle des Monsters: des dicken, des hässlichen, des stinkenden, des dummen, des hinfälligen – und wenn möglich gar einer Kombination aus allem zusammen. Nur dort, im Schatten der Angst, werden wir zu wirklichen, unbezwingbaren Männern. Erst wenn wir herausgefordert werden, können wir uns die Angst vor der Schmach zu versagen wie eine Medaille um den Hals hängen.

Außerdem gibt es noch ein weiteres Detail zu bedenken. Wenn wir uns daranmachen, die anmutigen Frauen zu vögeln – Rocksängerinnen, Edel-Stripperinnen, Covergirls –, so tun wir etwas Öffentliches. Wir genießen es, über unsere Heldentaten in schmierigen Klatschmagazinen zu lesen, während wir gleichzeitig heftige Dementis zum Besten geben. Die Hässlichen zu vögeln ist hingegen ein Akt der Askese, über den man am besten schweigt. Wir tun es, um uns hinter den feindlichen Linien unseren Heldenmut und unsere Entschlossenheit zu beweisen, während wir gleichzeitig dem heftigen Impuls widerstehen, uns so schnell wie möglich aus dem Staub zu machen. Mehr als alles andere fordern wir uns damit selbst heraus. Ironischerweise neigen die meisten hässlichen Frauen dazu, den Gefallen, den die Natur ihnen getan hat, im Spiegel der männlichen Neigung zur Askese sogar zu schätzen. Leider hat Ihre fette kleine Schlampe Sie als gesellschaftliches Ereignis betrachtet, das sie mit ihrer schwatzhaften Freundin teilen konnte. Übrigens, da sind wir uns wohl einig, diese Freundin ist auch nicht gerade ein Bild von Frau.

Bill, alter Freund, nehmen Sie's leicht. Schieben Sie ruhig weiter Zigarren in Ärsche. Ohne es zu wissen, haben Sie sich damit ganz nebenbei einen dauerhaften Platz in der Mythologie der sexuellen Beziehungen gesichert. Wir verstehen Sie und identifizieren uns mit Ihren Bedürfnissen.

Keep in touch.
Ihr Gunther

An: Jocheved117@hotmail.com

Meine Jochi,[8]
Ganz offensichtlich bin ich für meine Umgebung ein Ärgernis. Aus irgendeinem Grund werden meine Ideen weder akzeptiert noch verstanden. Was Deine Frage angeht, weshalb die Menschen nicht in der Lage sind, meine revolutionären Ideen anzunehmen, ohne dabei ihren Verstand zu verlieren oder gewalttätig zu werden, so ist meine Antwort einfach. Meine Ideen lassen sich nicht widerlegen. Einerseits sind sie viel zu abstrakt, andererseits lecken sie die menschliche Existenz am Arsch. Ich entziehe den Menschen ihren Lebensinhalt, den Nationen ihren Daseinszweck und der ganzen Welt die Hoffnung. Ich flaniere lächelnd auf verbotenen Pfaden und vögle hinter den Hecken heilige Kühe. Was sich mir nicht fügt, das vergewaltige ich, und was sich mir unterworfen hat, lasse ich blutüberströmt und nach Liebe lechzend zurück. Meine Widersacher sind uninspirierte Weicheier, armselige Schatten von abstoßender Leere. Während sie sich in bedeutungsvollen Posen verrenken, verkörpern sie bloß das Fehlen einer Identität.

Und Du, Geliebte, meine sexuelle Identität,
durstige Blume, nimmersatt.
Verstehst Du meine Gedanken,
oder ziehst auch Du nur Deine Stirn aus lauter Wertschätzung in Falten?

Wenn Deine Stirn sich in Falten legt und Du zu meinen Worten nickst, füllt sich mein Körper mit Kraft. Ich sehne mich danach, in Dich zu dringen und Dich in Deine Bestandteile zu zerlegen. Ich will in Deinen Hintern beißen und mir ein Sandwich machen aus Deinem Fleisch, ich will das Haar Deiner Scham mit den Zähnen packen und meinen Kopf hin und her schütteln wie ein junger Hund. Bist Du mir eine Partnerin oder gibst Du nur vor, eine zu sein, wie all die anderen

[8] Scheinbar eine von vielen. (F. Schar'abi)

Töchter Evas, die vor Dir hier waren, oder jene, die Deine Lücke füllen werden, sobald Du gegangen bist?

Bitte, geliebte Frau, lass mich nur niemals wissen, wie dumm Du in Wirklichkeit bist.

Dein Gunther

Briefe an Elsa

Aus dem privaten Nachlass Elsa Hoffmanns[9]

Geliebte Elsa,
ich hoffe, es geht Dir gut und Du kommst mit Deinen Recherchen gut voran. Es fiel mir schwer, nach Hause und in mein eigenes Bett zurückzukehren, doch fühle ich mich gelöster, und meine ungewöhnliche Tagesroutine wird nicht länger von emotionalen Spannungen gestört. Heute ist der 22ste des Monats, das heißt, wir sind schon wieder über zwei Wochen getrennt, ein Umstand, der sich vor den wachsamen Augen meiner Umgebung (insbesondere der weiblichen) nur schwer verbergen lässt.

Allem Anschein nach habe ich mich der Wiederentdeckung einer signifikanten Frage verschrieben, die es in Wirklichkeit gar nicht gibt. Von Dir inspiriert, habe ich mein Interesse für die hebräische Sprache entdeckt, die ganz sicher eine »heilige Sprache« ist (wenn auch nicht »die Heilige Sprache«). Falls es Dir gelungen sein sollte, die Höhen meiner letzten Forschungsarbeit zu erklimmen, zumindest was die Einführung in die Etymologie Heideggers angeht, dann bist Du sicher auf die Zitate im Zusammenhang mit der Ursprache und ihrer Quellen gestoßen. Meine Untersuchung beschäftigt sich mit dem Thema Der Bund des Wortes. Der Bund des Wortes ist im Grunde ganz ein-

[9] Wir wissen heute, dass der späte Professor Wanker ein Doppelleben führte und sein Bett mal mit Lola Bentini, mal mit Elsa Hoffmann teilte. Einer bisher nicht bestätigten Information zufolge verbrachte Wanker die meisten Nächte mit Elsa Hoffmann, die dreißig Jahre jünger war als er. Wanker lernte Hoffmann, ein ehemaliges Model und eine unzweifelhaft schöne Frau, bei der Vorbereitung ihrer Doktorarbeit zum Thema *Die peepologische Verbindung im Kontext der Bibelforschung* kennen. Soweit bekannt, lieferten sich Bentini und Hoffmann bei zumindest zwei gesellschaftlichen Anlässen einen besonders ordinären verbalen Schlagabtausch.

fach ein Bund mit dem Wort. Während der Mensch dem Bund mit dem Wort unterworfen ist, schwebt der allmächtige Gott über dem Diskurs, was nichts anderes ist als ein offen geführter Krieg zwischen Signifikant und Signifikat. Der Mensch ist gebunden, und Gott ist frei. Gemäß der hebräischen Auffassung hat das Wort selbst seinen Ursprung in Gott. Ich bin vor einer ganzen Weile schon zu dieser Einsicht gelangt und weiß, dass sie alles andere als originell ist. In dieser Woche jedoch konnte ich zwei neue Einsichten gewinnen, die in der Tat aufschrecken lassen: die erste betrifft das Konzept der Sprache. Die Sprache (safa) *verweist auf die Zunge* (laschon), *bezeichnet also das System der Beziehung zwischen Signifikant und Signifikat. Gleichzeitig aber ist die Sprache* (safa) *selbst ein dem System immanenter Signifikant und bezeichnet Grenze oder Rand, wie zum Beispiel in Sfat-Hajam* (Meeresufer), *Sfat-Harechov* (Straßenrand) *et cetera.*

Demzufolge ist die Heilige Sprache also nicht zwingend die Sprache, die vom Heiligen spricht, sondern vielmehr die Grenze, hinter der das Heilige beginnt. Und da ein Ding durch das, was es ist, definiert wird, gleichzeitig aber auch durch das, was es nicht ist, lautet die Schlussfolgerung, dass die Heilige Sprache das Heilige mittels der negativen Dialektik bezeichnet. Sind die Juden ein auserwähltes Volk, so sind sie es ex negativo, *und ihr Verlangen nach Vollkommenheit ist im Wesen dialektisch. Ihr Auserwähltsein bedeutet also, dass das Heilige dort beginnt, wo sie endlich sind. Die Juden wurden auserwählt, das Heilige zu antizipieren. Sie selbst sind die »Differenz zwischen heilig und profan«.*

Das zweite Thema, mit dem ich mich in dieser Woche befasst habe, betrifft das Konzept der Verpflichtung (mechujavut). *Der Mensch neigt dazu, sich Gott, sich selbst, einem Partner et cetera gegenüber verpflichtet zu fühlen. Auch hier sind wir gefangen in einem Minenfeld aus Doppeldeutigkeiten, die ihren Ursprung in den entlegendsten Winkeln des jüdischen Denkens und der hebräischen Sprache haben. Verpflichtung* (mechujavut) *und Zuneigung* (chiba) *sind auf subtile Weise miteinander verbunden. Der Jude ist seinem Glauben verpflichtet, er ist aber auch verpflichtet, seinen Gott mit ganzem Herzen zu lieben. Die Verpflichtung Gott gegenüber ist eine abstrakte Gebunden-*

heit an das Unbekannte, gleichzeitig soll sie aber auch der nicht zu hinterfragende Bund der Liebe sein; unbekannt deshalb, weil wir seine Bestandteile nicht ergründen können. Es gibt keine Möglichkeit, die Liebe, das Verlangen, die Sehnsucht zu rechtfertigen. Verpflichtung und Liebe (chova und chiba) *sind in beide Richtungen miteinander verbunden; es gibt keine Liebe ohne Verpflichtung, und es gibt keine Verpflichtung ohne Liebe. Das ist die Kernzelle jeder Partnerschaft, Familie und so weiter bis hin zur Nation. Die Verbindung zwischen Mann und Frau, Mensch und Ort, und die Verbindung des Menschen zu sich selbst manifestiert sich jeweils im unauflösbaren und untrennbaren Zusammenschluss von Liebe und Verpflichtung.*

Mit Liebe und Schmerz,
Zuneigung und Sehnsucht,
Dein Gunther

*

Geliebte Elsa,
gestern Nacht habe ich Deinen Artikel gelesen. Mit großem Interesse verfolge ich die Entstehung Deiner Arbeit, und es scheint, als stündest Du kurz vor einer ungeheuerlichen Entdeckung, einer Entdeckung, die Deinem akademischen Ansehen Auftrieb verleihen und die Deinen Status unter den führenden Gelehrten im Bereich der Bibelforschung bestätigen wird. Der Satz, dass die Heilige Schrift in Gänze nichts anderes ist als ein Sehschlitz, ist gleichermaßen amüsant wie anregend. Wenn ich Dich richtig verstehe, behauptest Du, dass die Bibel eine Ansammlung von Episoden ohne jede historische Kontinuität ist und dass ihr Sinn und Zweck allein darin besteht, das Wort als sich im anekdotischen Kontext wandelbaren Bedeutungsträger zu entlarven. Diese Idee, die in ihrem Wesen hegelianisch ist, deutet das Ende des jüdischen Tanzes mit der Geschichte an, zumindest mit der biblischen. Es erheitert mich, dass das zuweilen immer noch vernehmbare jüdische Geplapper vom »historischen Recht« hier als hohle Rhetorik entlarvt wird, und das auch noch aus der Perspektive der jüdischen Bibelforschung.

Die atemberaubende Vorstellung, die Bibel sei ein dynamisch-kontextueller Projektionsapparat zur Darstellung der fließenden Bedeutung genau ebenjener Sprache, in der Er selbst zu uns spricht, stellt eine der faszinierendsten Interpretationen zum Verständnis des Heiligen im Allgemeinen und der Heiligen Sprache im Besonderen dar. Wenn ich Deine Argumentation tatsächlich richtig verstanden habe, so ist die Bibel – im Gegensatz zum Wörterbuch, das Erklärungen liefert, die ihrerseits wieder Erklärungen nach sich ziehen – voll und ganz der erklärende Kontext ihrer selbst. Das Wörterbuch setzt Bedeutungen fest, die Heilige Schrift ist im Fluss. Das Wörterbuch muss von Zeit zu Zeit überarbeitet werden, die Bibel niemals. Sie erneuert sich selbst, aus sich selbst heraus und durch sich selbst. Ich befürchte, diese Idee ist bezaubernd in ihrer Schönheit. Ich liebe Dich …

Wenn ich recht verstanden habe, so ist die Bibel zum einen nicht länger ein historischer Kontext, zum anderen wirft sie eine Reihe von metaphysischen Fragen auf, dunkle Fragen, die den Leser in ein Netz aus Ideen verstrickt, die wir nie endgültig verstehen werden.

Elsa, das ist eine der wundervollsten Einsichten überhaupt. Du gibst meiner Herkunft ein wenig Ehre zurück, und ich sehne mich so sehr danach, mit deinen Titten und mit deiner Möse zu spielen.

Dein Gunthusch

PS: Ich habe es nicht vergessen, Geliebte. Hier, nach langer Suche, das Rezept für Gehackte Leber.

<u>Zutaten:</u> 2 Zwiebeln (Tzibelech), *eine ganze Knolle Knoblauch* (Knobel), *drei Esslöffel feinstes Schmalz, zehn frische Hühnerlebern, drei Scheiben trockenes Brot, drei hart gekochte Eier, Petersilie, Salz und Pfeffer.*

<u>Zubereitung:</u> Tzibelech *und* Knobel *so lange braten, bis sie so braun sind wie die Wange eines Nubiers. Dann die Hühnerleber hinzufügen und gut braten. Abkühlen lassen. Je nach Geiz fügt man Brot und Eier im umgekehrten Verhältnis zur Menge der Leber hinzu. Alles auf feiner Stufe durch einen altmodischen Fleischwolf drehen.*

Serviervorschlag: Einen Esslöffel der gehackten Masse auf einen möglichst großen Teller legen, mit einer Gabel zerdrücken und gleichmäßig auf die ganze Fläche des Tellers verteilen, um auf diese Weise Reichlichkeit vorzutäuschen. Nach Belieben mit gehackter Petersilie garnieren. Mögliche Extras: das harte Ei mit einer Käsereibe (Reibeisen) *würfeln oder mit den Brotkrümeln einen Segensspruch auf die Leber schreiben. Guten Appetit.*

*

Meine Elsa,
manchmal ertappe ich mich dabei, wie ich mir über den Ursprung des Glücks den Kopf zerbreche. Wo entspringt die Quelle freudiger Begeisterung? Ich erinnere mich, dass in meiner Kindheit mein Onkel Jankele das Nonplusultra an Fröhlichkeit war. Er war mit seinem Leben auf kompromisslose Weise zufrieden. So glücklich war er, dass er die gesamte Menschheit an seiner Fröhlichkeit teilhaben lassen wollte. Er hatte stets einen Witz oder ein lustiges Gedicht parat und war allseits berühmt für sein rollendes Lachen. Ich erinnere mich auch noch deutlich an meine Überraschung, als ich, damals noch kaum ein Teenager, hörte, dass Onkel Jankele von der achten Etage eines Bürogebäudes in den Tod gesprungen war. Ich erinnere mich an das Begräbnis, an Dutzende von Trauernden; die Frauen trugen modische polnische Kopftücher und die Männer Pilotensonnenbrillen von Ray-Ban. Sie wünschten einander, nie mehr solchen Kummer zu erleiden, wohl wissend, dass der Kummer einen integralen Bestandteil ihres Lebens in diesem Teil der Welt darstellte. Erst als die Trauernden gegangen waren und nur der engste Verwandtenkreis beisammen saß, verschwand die trübe Stimmung und wurde gelöst. An einem reich gedeckten Tisch unterrichtete uns mein Vater von der wissenschaftlichen Erkenntnis, dass Jankele, obwohl er vom achten Stockwerk in den Tod gesprungen war, diesem nicht durch den Sprung, sondern erst durch den Aufprall auf dem Bürgersteig begegnet war. Danach litten alle Familienmitglieder unter einem sieben Tage andauernden Lachanfall.

Schon damals, zu Beginn meiner Adoleszenz, begriff ich, dass Lachen und Weinen nah beieinander liegen. Hinter den Witzen lauert zuweilen schreckliche Verzweiflung. Manchmal sind Witze nur der lächerliche Strohhalm, an den wir uns klammern, während wir in einem trostlosen Morast zu versinken drohen.

Meine Familie beharrte natürlich darauf, dass sich hinter dem fröhlichen Gebaren meines Onkels der verzweifelte Ruf um Hilfe verbarg. Deshalb fragte ich mich jedes Mal, wenn ich lachen musste, ob auch ich um Hilfe rief. Jedes Bedürfnis zu lächeln erzeugte in mir die Furcht, dies könne womöglich der Beginn einer schrecklichen Talfahrt sein. Immer wenn ich lachte, fragte ich mich, ob es an der Zeit sei zu springen.

Üblicherweise wird angenommen, dass die Momente des Glücks Existenzängste verscheuchen, dass Fröhlichkeit die Kraft besitzt, die niederdrückende Last der Sinnlosigkeit von uns zu nehmen. Es mag ja sein, dass das Glück eine bestimmte Art der Freude enthält, doch auf mich trifft das Gegenteil zu. Wann immer ich lächelte, ob allein oder öffentlich, hörte ich die Stimme meiner Mutter: »Gunther, du wirst Onkel Jankele immer ähnlicher.«

Sobald ich mich selbst zum Lachen brachte und die endlosen Abhänge der Absurdität hinunterrollte, nahm ich den seltsamen Duft des unerbittlichen Daseinsschmerzes wahr.

Dein Gunther

*

Gegen Ende ihrer Liebe

Liebe Elsa,
seit Jahren bemerke ich das gehörige Maß an Entrüstung, das mir meine Mitmenschen aufgrund der emotionalen Kälte, die ich auszustrahlen scheine, entgegenbringen. In der Regel handelt es sich dabei um Frauen wie Dich, die verzweifelt versuchen, in die tieferen Schichten meiner Gefühlsebenen vorzudringen. Auf einmal verlangst Du

mein Herz. Zwischen meinen Laken liegend hattest Du akzeptiert und verstanden, dass Deine Rolle die einer Lendenkühlerin war, und nun, ganz plötzlich, willst Du mir meine emotionalen Fäden ziehen. Du wolltest so unbedingt dazugehören, dass du stolz erklärtest, Du wärest nichts weiter als ein sorgloses Vögelchen, das zwischen den ins Leere führenden Türen des vergänglichen Glücks hin und her hüpft. Du und Deine Artgenossinnen, wenn euch die Wollust gepackt hat, wenn ihr in der Hitze eurer inneren Wallungen dahinschmelzt, nehmt dankbar jedes Quäntchen an Aufmerksamkeit an, das euch zuteil wird, auch wenn es sich nur um den armseligen Tribut eines weichen Ständers handelt. Aber dann, sobald ihr genug von dem Spaß habt, den das Reiten auf den orgiastischen Wellen und das lustvolle Nach-Luft-Schnappen bereiten, dann schlagt ihr neue Töne an, ein leises Heulen, das sich schließlich zu lautstarker Forderung geriert. Ohne Vorwarnung verlangt ihr, Du und Deinesgleichen, nach Dauerhaftigkeit – Kinder, Wochenenden, Sabbat, Urlaub und sogar ein Haus auf dem Land. Plötzlich preist ihr die ewige Liebe. Ich frage mich, wie es dazu kommen konnte. Was ist geschehen, dass sich die Unschuld gegenseitiger Wollust in ein einseitiges Gebilde aus lauter emotionalen Launen und entschieden materiellen Forderungen verwandelt hat?

Noch nie habe ich diesen weiblichen Gefühls- und Beständigkeitswahn verstanden. Ich selbst bin ein zweidimensionaler Mensch, ein Individuum bar jeglicher Gefühle. Selbst dann, wenn ich zutiefst verärgert bin und daran denke, meinem Leben ein Ende zu setzen, betrachte ich auch das als ein Resultat des Mechanismus, der der metabolischen Beziehung zugrunde liegt. Wir tauschen Dinge, Meinungen und Eindrücke aus. Wir tauschen Körpersäfte aus, verwandeln Eiweiß in Energie, Energie in Erektion und Erektion in Wiederauferstehung. Ich werde dem unbezähmbaren, überwältigenden Gefühl ganz sicher nicht in die Falle gehen. Ich behandle es mit metaphysischer Skepsis.

Trotz all meiner Recherchen bezüglich der Natur der Liebe, ist es mir nicht gelungen, ihr auf den Grund zu gehen. Auf einem etwas höheren Niveau gedacht: Es ist unmöglich, explizit auf innere Empfindungen zu verweisen. Das gilt für die Liebe wie für die ästhetische

Wertschätzung der Schönheit gleichermaßen. Ich habe gelernt zu begreifen, dass ich Dich liebte, weil ich Dich hasste, weil Du mir fehltest, weil ich Sehnsucht hatte nach Dir, weil Du mir nackt in meinen Träumen erschienst, mich in den Mund nahmst und auf meinem Gesicht saßest, weil ich Dich nie mehr wiedersehen wollte und gleichzeitig wusste, dass ich keine Sekunde länger mit Dir leben konnte. Die Liebe ist nur ein Amalgam verworrener Empfindungen Dir gegenüber, ein leerer, verbaler Signifikant, ein Signifikant ohne Signifikat, der zudem einen ganzen Sack voller unlogischer Verhaltensweisen mit sich herumschleppt. Das Wort »Liebe« ist wie ein Zauberstab, der dem Chaos Ordnung auferlegt, eine Lösung für das Rätsel vorschlägt und scheinbar Licht ins Dunkel bringt, das unscharfe Licht der »Liebe«. Ich erkenne, dass ich hasse, weil ich liebe, liebe, weil ich Schmerzen bereite, traurig bin, weil ich glücklich bin, begehre, weil ich leide – und so weiter.

Bei der Nahrungssuche ist die Liebe voll und ganz auf das gesamte Paket verwirrter Empfindungen angewiesen. Sie wächst im Licht der Gegensätze; dabei handelt es sich um das unmögliche Zusammentreffen zweier konträr angelegter Pole – des Allgemeinen und des Besonderen. Im Schatten Deiner Liebe will ich Dein Held sein, der absolute, ganze Mann, der Gipfel all dessen, was Du Dir als Frau erhoffst. Vor Deinem weit gespreizten Körper will ich das Symbol des männlichen Ideals im Stadium der permanenten Erektion sein. In Deinem Schatten will ich die olympischen Höhen des Universums erklimmen, ich will der Mann schlechthin sein auf Erden und doch gleichzeitig auch ein Individuum. Ich will, dass Du Gunther das Individuum liebst, den Mann mit dem dicken Bauch, den unermüdlichen Hirnficker, den mit den Hämorrhoiden, dessen Nase läuft und der unter den Achseln schwitzt. Im Licht der Liebe will ich das absolute Ideal der Individualität darstellen, anonym und partikulär. Das ist das Wesen der Liebe zwischen den Geschlechtern.[10] *Darin liegt ihre Kraft, aber auch ihre Schwäche. Der verzweifelte Versuch, absolut allgemein zu werden und zugleich individuell und persönlich, ist naturgemäß von vergänglicher Dauer. Man kann nicht für immer allgemein und besonders zugleich sein. Am Ende unterwerfen wir uns dem Kompromiss und verzichten auf unser*

Streben nach Ewigkeit. Wir lernen, uns mit wenig zu begnügen, mit der verlässlichen Zuneigung, die sich mit Hilfe vergänglicher, unbeständiger oder gekaufter Affären am Leben hält. Voller Schmerz und kummervoll grübelnd verzichten wir auf den verzweifelten Versuch, in der Liebe das zu finden, was wir im Leben nicht finden können. Traurig begreifen wir, dass die Liebe, die ultimativ Dialektische, uns bis an die Schwelle der Seele lockt, um uns gleichzeitig für immer von den Toren des Paradieses zu verjagen.

Liebe mich auf fleischliche Art, so wie ich Dich liebe,
Dein Gunthi

[10] Offenkundig bringt Wanker hier seine radikalen und provozierenden Ansichten im Zusammenhang mit der marginalen Ideologie zum Audruck; Ansichten, die in liberalen Kreisen auf heftigen Widerspruch stießen. Laut Wanker vermag es die Liebe zwischen Mann und Frau, bis zu den Wurzeln der dialektischen Erfahrung vorzudringen. Insofern, folgt man Wankers Auffassung, löst die Liebe zwischen den Geschlechtern den ultimativen Widerspruch zwischen dem Allgemeinen und dem Besonderen auf. Durch den Akt der Liebe ist es den Liebenden möglich, das Paradies des Absoluten zu betreten. Die Liebe zwischen Mann und Frau bedeutet aus seiner Sicht ein temporäres Teilen sublimer Erfahrung und ist damit die Grundlage einer Ästhetik. Während in heterosexuellen Beziehungen jeder der Partner für den anderen das Ideal seines eigenen Geschlechts darstellt, so kann in schwulen Beziehungen von idealistischer Repräsentanz nicht die Rede sein. Wenn Joe und Jim sich ineinander verlieben, können sie nicht gegenseitig und auch nicht temporär für den anderen das absolute Ideal ihres Geschlechts repräsentieren, da sie sich gegenseitig verneinen würden. Daraus ergibt sich, laut Wanker, dass Schwule keinen Zugang zu den Gefilden der dialektischen Inspiration haben. Ihre Konditionierung versagt es ihnen, in das Reich des Erhabenen zu gelangen. Wanker behauptet darüber hinaus, dass aufgrund ihres Mangels an dialektischer Aspiration ihr vitales Interesse mehr auf das Äußere, den Stil, als auf das Innere, die Substanz, ausgerichtet ist. Man sollte an dieser Stelle nicht vergessen, dass Wankers Ideen in der dunklen Epoche der *political correctness* eine hoch schlagende Welle der Kritik auslösten und als homophob und morbide bezeichnet wurden. Wanker selbst machte sich nie die Mühe, seinen Kritikern zu antworten, es gibt auch keinen Hinweis darauf, dass er sich je auf eine Debatte zu diesem Thema eingelassen hätte, das mittlerweile ohnedies keine politische Aktualität mehr besitzt. (F. Schar'abi)

Mein Gunthi,
Dein letzter Brief hat mich in höchste Aufregung versetzt. Ich fühle mich betrogen und verraten.

Wie Du dir vorstellen kannst, verstehe ich sehr wohl, worauf Du hinauswillst. Du bist nicht der erste Mann in meinem Leben, und so, wie die Dinge liegen, wirst Du auch nicht der letzte sein. Ich bin überzeugt, Du weißt, wie sehr ich Dich liebe, denn Du bist ein Experte darin, daraus Deinen Nutzen zu ziehen. Ich habe noch nie jemanden so geliebt wie Dich, und manchmal denke ich, dass ich, bevor ich Dich kennenlernte, wohl überhaupt keine Berührung mit der wahren Liebe gehabt habe. Doch ich weiß auch zu genau, was für ein schrecklicher alter Mann Du bist – hinterhältig, dick und bösartig. Du bist ein Mensch ohne Gefühle und ohne jeden Respekt für andere. Und obwohl ich all dies weiß, liebe ich Dich und begehre ich Dich. Ich habe nicht und hatte noch nie den Wunsch, Dich zu verändern. Ich habe Dich als das akzeptiert, was Du bist: ein Bündel narzisstischer Instinkte, getrieben von nicht zu zügelnden verbalen Impulsen. Ich liebe es, auf Dir zu sitzen, und ich bin süchtig nach Deiner scharfen Zunge, auch dann, wenn sie sich unermüdlich zwischen meinen Beinen tummelt.

Über all die Attribute hinaus, die ich Dir bereits an den Kopf geworfen habe, scheinst Du mir außerdem ein mieser und unverbesserlicher Feigling zu sein. Warum kannst Du nicht aufrecht sein wie ein Mann und mir einfach sagen , dass Du mich nicht mehr liebst? Warum musst Du Dich hinter Deiner philosophischen Scheiße verstecken, um Dich meiner zu entledigen?Ich fühle mich so gedemütigt nach all den Jahren des Wartens darauf, dass Du Dich endlich von Deiner aufgeblasenen Pseudo-Malerin trennst, Deiner verschrumpelten alten Hure, die sich von allem vögeln lässt, was im Namen der Kunst auch nur den kleinen Finger bewegt.

Da Du mir meine besten Jahre geraubt hast, erhebe ich Anspruch auf eine Gegenleistung. Wie Du weißt, ist das Einzige, bei dem ich nicht locker lassen werde, ein Kind. Du hast es versprochen, und ich bestehe darauf, dass Du Dein Versprechen hältst. Sonst, so schwöre ich, mache ich Dir Dein Leben bis zu Deinem letzten Atemzug zur Hölle.

Ich will ein Kind von Dir, ob Du nun herkommst, um es mir selbst einzupflanzen, oder ob Du in ein Reagenzglas wichst und es mir per Spezial-Boten schickst. Ich habe schon einen Termin in der Klinik und werde mir morgen Mittag dieses Ding entfernen lassen, das Du mir vor mehr als zehn Jahren in meine Gebärmutter hast reinschieben lassen. Ich habe nicht vor, in dieser Sache nachzugeben, und hoffe, dass Dir das ebenso klar ist wie mir.

Und nun zum philosophischen Inhalt Deines Briefes. In der Tat, wie nicht anders von Dir zu erwarten, hast Du die Dinge bei ihren Wurzeln gepackt und bist zum Sinn und Zweck der Existenz vorgedrungen. Die wunderbare Idee, dass der Mensch in der Liebe dem Ursprung des Dialektischen begegnet, umfasst tatsächlich das Wesen des Schmerzes. Die scheinbar schlichte Idee, dass der Mensch im Schatten der Liebe den Ursprung alles Erhabenen entdeckt, stellt die gesamte Bibelforschung auf tönerne Beine.

Die drei Offenbarungsreligionen sind sich einig bezüglich des absoluten Verbots exzessiver und wahlloser Kopulation. »Du sollst deines Nächsten Weib nicht begehren«, bestätigen alle drei in Demut und selbstgerechter Bigotterie. Soll man denn davon ausgehen, dass der Gute Gott, der uns mit der Fähigkeit gesegnet hat, ziellos und auf tausenderlei Weise zu kopulieren, tatsächlich auf einmal von uns verlangt, dass wir uns des einzigen körperlichen Vergnügens enthalten, das er uns beschert hat? Zu welchem Zweck hat Gott mir Lippen zwischen meine Beine gepflanzt, wenn sie doch nicht in der Lage sind zu sprechen? Wofür hat Gott Dir ein Zepter ohne Königreich gegeben, damit Du meinen Körper mit allerlei Gutem füllen kannst und ich mir mit Deinem Körper Vergnügen bereite? Ich nehme an, dass sich kein theosophisches Traktat finden lässt, das die klitoriale Unersättlichkeit rechtfertigt, eine ihrem Wesen nach endlose, unstillbare Gier. Ich will einen Mann, und wenn es noch möglich ist, Dich, und ich will mehr von Dir, ohne Unterlass, für immer und alle Zeit.

Scheinbar ist deine Argumentation in Bezug auf den temporären Charakter der Liebe nicht zu widerlegen. Es stimmt, dass es nicht möglich ist, die Einheit des universellen Ichs und des partikulären Ichs auf

Dauer zu bewahren. Auf ihrem Höhepunkt ist die Liebe flüchtig wie ein Augenblick und das dialektische Vergnügen von kurzer Dauer. Wenn das tatsächlich stimmt, sollte man sich, um die Gefilde der Glückseligkeit möglichst oft aufsuchen zu können, täglich neu verlieben und endlos kopulieren, wann immer es sich ergibt und ohne Wenn und Aber.

Anscheinend haben die drei monotheistischen Religionen den Offenbarungscharakter der Liebe und ihre Fähigkeit, das Herz des Menschen zu preisen, rechtzeitig erkannt. Sie verstanden sehr wohl, dass es durch die Qualen der Seele möglich wird, ein wenig vom Duft aus Gottes *Hinterteil zu erhaschen. Doch dieser Gott ist weder im Himmel noch auf Erden noch umgeben von seinen Heerscharen. Dieser Heilige bin ich. Durch meinen Hunger auf Deinen Körper entdecke ich in mir selbst den Geist Gottes. Als atmete ich an der Oberfläche des Abgrunds.*

Das ist, wie mir scheint, der Grund, weshalb die sexuelle Befreiung zur massenhaften Abkehr von den jüdisch-christlichen Idealen des Westens geführt hat und zum spirituellen Ansturm auf fernöstliche Einsichten; Einsichten, die die verborgenen Qualitäten des Menschen ausfindig machen, das Erhabene im Menschen und das Heilige im Ich.

Gunthi, Du Hurensohn, Du öffnest mir die Augen. Ich hasse Dich. Ich will, dass Du mir ein Kind machst, ich flehe Dich an, mich nicht zu verlassen. Liebe mich. Ich brauche Dich. Melde Dich umgehend.

Elsa
de profundis

Aus der Sammlung privater Gedichte, *Unwillkürliche Schriften* [11]

Elsa und ich

Ich will mein Gesicht
an Elsas Hintern drücken
ihre Scham lecken, bis sie erzittert
ihrem Körper Lust aussaugen, bis Blut fließt
lecken und geleckt werden, lecken und lutschen
die Spitze der Spitze meiner jüdischen Nase
an allen möglichen Stellen versenken
ins heiße Fleisch beißen
mit der Zunge die Falten ihrer Orangenhaut zerteilen und
glücklich sein
nicht eindringen, mich nicht mit ihr mischen
meine Stirn gegen die Lippen ihrer offenen Pforte drücken
aneinander saugen und zu neuem Leben erwachen
beherrschen und beherrscht werden
nicht eindringen und mich auch nicht mit ihr mischen
und das alles von hinten

[11] In seinen Schriften spricht Wanker voller Enthusiasmus und Lob vom poetischen Gedanken, der die Präsenz des obskuren, existenziellen Ichs zum Vorschein bringt, welches sich in der Wurzel der Erscheinungen des gespaltenen Ichs befindet. Wanker hat jedoch nie ein Gedicht veröffentlicht, das seiner Feder entstammte, und die Einzige, mit der er das Geheimnis seiner poetischen Schriften teilte, war Elsa Hoffmann. Die hier vorgestellten Gedichte, ebenso wie alle anderen Gedichte im Appendix, sind Fragment eines narrativen Werks mit dem Titel *Unwillkürliche Schriften*. Die Sammlung, mit der er schon in seiner Jugend begann, enthält persönliche und philosophische Ideen, die er zum großen Teil in Gedichtform verfasste. (F. Schar'abi)

identitätslos
ich bleibe im Dunkeln und sie auch
ich von hinten und sie brennt
ich sauge ihren Saft, atme aus, meine Zunge tut weh
lutsche, küsse, streichle, verletze
es tut ihr weh, sie streichelt sich, weint und saugt
sie hört nicht auf, stößt mich nicht weg
ich von hinten und sie von vorn
die Geißel von hinten durchs Bullauge
was ich weiß, erfährst du von keinem außer mir
denn ich verstecke mich in deinem Arsch wie eine Hämorrhoide
du erreichst mich nie
ich bin hinten und sie ist vorn, sie ist vorn und ich bin hinten

Aus der Sammlung privater Gedichte, *Unwillkürliche Schriften*

Ich und Elsa

Im Rausch der Geilheit
greife ich an
im Rausch der Sinne
vereine ich mich
er in ihr
mit dem Finger im Arsch
schnaube ich in ihren Rücken
schnaube ich und knabbere an ihrem Ohr
schlage heftig zu
meine freie Hand auf der Pforte deiner linken Backe
ich kneife dich bis zum existenziellen Schmerz
existenziell von meiner Existenz, nur um des Kneifens willen
ich bin nicht zärtlicher
und ich weine nie
wenigstens scheint es so
die Sexualität überkommt mich, weicht zurück,
hinterlässt mich bestürzt und verschreckt
pulsieren, das ich immer noch nicht bremsen kann
und es ist gut, dass es so ist

Aus dem letzten Brief an Elsa Hoffmann

Du bist jung
schön und traurig
und ich bin eine Sanduhr und vergehe
meine Augenblicke kurz
leicht meine Sinne
deine Sinne sind schwer
du weinst und schreist
ich kann nicht mehr schreien
ich fresse mich auf
meine Augenblicke werden kürzer
bis ich in Stille verstumme
ins Schwarze
du bist ein verletztes Tier, gereizt
ich der Faltige
der Weise
ich erlösche

Aus der Sammlung privater Gedichte, *Unwillkürliche Schriften*

Sein letztes Gedicht

Es scheint, als würde ich nie mehr schreiben
was ich jetzt schreibe, ergibt keine Schrift
ich verlor Relation und Zusammenhang
wenn es das überhaupt gibt
bin nur damit beschäftigt, zu überleben
ich lehne mich an mich selbst, doch ich existiere nicht
ich sterbe den Tod der Könige auf dem Schafott
ich opferte mich irrtümlich
verschmähte mit spitzen Dialogen
die Worte sind endlich und auch die Menschen
beide haben das gleiche Ende
ich bin ganz und gar der, der am letzten Ende meines Endes ankommt
die Worte sterben
die Pausen zwischen ihnen lösen sich auf
ich bin der Tote
ich bin der, der nicht ist
ich bin der Tote, der schwankt
und das Zittern vor sich selbst

Glossar

Al Quds Jerusalem (auf Arabisch)

Darbuka traditionelle arabische Trommel

Djebbel Fransaui, Djebbel Eschkol zwei jüdische Siedlungen im Nordosten Jerusalems. Beide wurden nach 1967 auf palästinensischem Boden gebaut.

Drusen ein Stamm mutiger Krieger und Freunde des Kampfes. Sie leben im Norden Palästinas und im Süden Syriens. Grundsätzlich kooperieren die Drusen mit jedem Regime, nur um des Vergnügens willen, ein Gewehr in der Hand zu halten und es gegen einen lebenden Organismus zu richten.

Givataim ein Vorort von Tel Aviv, kleiner noch als Ramat Gan

Hermon der höchste Berg der Golan-Höhen. Für die Israelis strategisch äußerst wichtig, da er der einzige Ort in der Region ist, an dem Juden Ski laufen können. Er wurde zwei Mal von den israelischen Streitkräften erobert, erstmals 1967 und dann noch einmal 1973.

Ibn Isa'ak Sohn Isa'aks

Jekke Potz deutscher Holzkopf

Kibbutz eine zionistisch-sozialistische und auf das gemeinschaftliche Teilen ausgerichtete Einrichtung. Der Kibbutz-Philosophie zufolge bringt jedes Kibbutz-Mitglied so viel ein, wie es kann, und bekommt dafür sehr wenig zurück.

Koschere Nahrung eine Sammlung religiöser Auflagen bezüglich des Essens und der allgemeinen Ernährung. Die koscheren Gesetze schützen Schweine, Krabben, Frösche, Pferde, Kamele und Austern vor der jüdischen Küche. Da es koscheres Essen nur in jüdischen Lebensmittelläden zu kaufen gibt, ist die koschere Küche ein Garant dafür, dass die Assimilation der Juden mit ihrer Umgebung gegen null tendiert.

Massada ein Symbol des jüdischen »heroischen« Gruppenselbstmords. Kann als Gründung des radikalen, national-religiösen jüdischen Fundamentalismus angesehen werden.

Oud traditionelles arabisches Saiteninstrument

Palmach jüdische paramilitärische Kommandoeinheit. Wurde bei der Deklaration des Staates Israel aufgelöst. Zu jener Zeit war ihr militärischer Ruhm zwar einerseits bescheiden, andererseits wurde sie zum Stützpfeiler der entstehenden Linken in Israel. Der *Palmach* war berühmt für seine liberale Haltung in Sachen Sexualität und als beste institutionalisierte Grillparty in der ganzen Umgebung bekannt.

Ramat Gan kleiner Vorort von Tel Aviv

Sabres der gängige israelische Ausdruck für den jungen, gebürtigen, jüdischen Israeli: stark, draufgängerisch, clever, Kampfpilot, Kriegsheld, Rambo. Kurz – besser als irgendjemand sonst. Irgendwie lässt der Ausdruck den Schluss zu, dass er haarige Beine hat und biblische Sandalen trägt. Allgemein tragen die *Sabres* ihre Ray-Ban-Sonnenbrillen lieber auf dem Kopf als auf der Nase.

Sabra Camp palästinensisches Flüchtlingslager auf libanesischem Boden. Wurde berühmt nach dem »Sabra und Schattila-Massaker« (1982), ein von libanesischen paramilitärischen Kräften während der israelischen Besatzung verübter Genozid. Die internationale Gemeinschaft machte Israel für diese Grausamkeit verantwortlich. Aufgrund des nachfolgenden nationalen und internationalen Drucks musste der damalige Verteidigungsminister Ariel Scharon abdanken. Herr Scharon wurde auf Lebenszeit von allen Ministerämtern verbannt.

Schiv'ah jüdische Sitte des sieben Tage dauernden gemeinsamen Trauerns

Schtetl jiddischer Ausdruck für eine urbane jüdische Siedlung, die ein Garant dafür ist, dass die Assimilation der Juden mit der Umgebung gegen null tendiert.

Tamarhindi ein Getränk aus Datteln